퍽

초판 1쇄 발행 2013년 6월 24일
개정1판 1쇄 발행 2019년 5월 7일
개정2판 1쇄 발행 2025년 11월 6일

지은이 고정욱
그림 박우진
펴낸이 이범상
펴낸곳 (주)비전비엔피 · 애플북스

기획편집 차재호 김승희 김혜경 한윤지 박성아
디자인 김혜림 이민선 인주영
마케팅 이성호 이병준 문세희 이유빈
전자책 김희정 안상희 김낙기
관리 이다정
인쇄 위프린팅

주소 우) 04034 서울특별시 마포구 잔다리로7길 12 (서교동)
전화 02) 338-2411 | **팩스** 02) 338-2413
홈페이지 www.visionbp.co.kr
인스타그램 www.instagram.com/visionbnp
이메일 visioncorea@naver.com
원고투고 editor@visionbp.co.kr

등록번호 제313-2007-000012호

ISBN 979-11-994411-3-2 03810

· 값은 뒤표지에 있습니다.
· 잘못된 책은 구입하신 서점에서 바꿔드립니다.

PUCK 퍽

고징욱 장편소설

애플북스

차례

머리말 6

1. 분장실에서 만난 사람 9
2. 열렬한 응원 14
3. 맞지 않는 호흡 19
4. 예상 못한 패배 26
5. 질투 34
6. 또 다른 질투 42
7. 김윤아의 책 51
8. 구타 57
9. 주리와의 만남 68
10. 앙심 80
11. 97.5퍼센트의 희생 86
12. 아이스하키와의 만남 93
13. 성공의 비밀 106
14. 학부모 회의 113
15. 영진이 아버지의 분노 123
16. 인터넷 민원 131
17. 확대되는 사건 141

18. 방송 보도 147

19. 시련 152

20. 어이없는 주리 157

21. 팀을 해체하라 163

22. 주말에 만난 어머니 169

23. 새 감독과 코치 175

24. 몰두할 결심 182

25. 동계 훈련 187

26. 비전 있는 삶 194

27. 절규 200

28. 긍정의 힘 204

29. 의외의 격려 210

30. 이혼만 하지 마 218

31. 새로운 탄생 223

32. 다시 링크로 230

33. 부상을 딛고 237

34. 퍽을 날려라 246

머리말

　미국에 갔을 때 내가 가장 감명 깊게 느낀 건 바로 학교에서의 체육교육이었다. 길거리를 지나다 보면 인근 중, 고등학교 학생들이 동네를 헉헉대며 무리 지어 달리곤 했다. 알고 보니 일주일에 한 번 전교생에게 1마일1.6킬로미터씩 달리기를 시켰기 때문이었다. 얼굴이 창백해지도록 달리는 아이들을 보며 전 세계 곳곳에서 보여주는 미국인들의 그 강인한 체력이 어디에서 나오는지 비밀의 열쇠를 손에 쥔 느낌이었다.
　우리나라 청소년들의 체력이 급격히 저하됐다는 말을 듣고 꼭 한번 운동을 소재로 한 소설을 쓰고 싶었다. 그 작품을 읽고 운동의 중요성을 깨달은 청소년들이 신체도 고르게 발달시켰으면 하는 바람 때문이다. 게다가 요즘 학교에서 문제가 되는 왕따나 폭력이 다 청소년들의 그 뜨거운 열정을 잘못 발산한 결과가 아닌가 말이다. 운동이야말로 건전한 신체 발달과 동시에 우정을 나누고, 목표를 향해 도전하게 하는 가장 좋은 지름길이다.
　책상 앞의 공부만이 인생의 전부가 아니라는 생각에 마음은 오래전에 먹었지만 이렇다 할 기회를 잡지 못하고 있었는데, 문득 나의 모교가 아이스하키로 오랜 전통이 있는 학교임을 뒤늦게 기억해 냈다. 일 년 내내 거의 모든 대회를 휩쓸었던 적도 있다.

운동을 하건, 공부를 하건, 특기를 개발하건, 청소년들이 꿈을 이루기 위해 필요한 건 노력이다. 우리의 뇌는 시도했던 일의 시행착오를 기억했다가 나음에 시도할 때는 좀 더 나은 방향으로 몸을 움직이게 한다. 그렇기에 무슨 일이든 남다르게 잘하려면 연습과 노력이 필요하다.

하지만 연습과 노력만으로 모든 꿈을 이루는 것은 아니다. 자신을 둘러싼 수많은 난관을 헤쳐 나가야 하기 때문이다. 변화무쌍한 이 세상은 결코 청소년이 무난하게 꿈을 이루도록 놔두지 않는다. 치열한 경쟁이 있고, 삶의 여러 국면이 끊임없이 꿈을 포기하도록 유도하기 때문이다. 진정 꿈을 이루려면 어떤 난관에도 굴하지 않고 삶의 목표를 향해 최선을 다하는 것이 정답이리라.

끝으로 이 이야기의 취재에 도움을 준 경성 중고등학교 아이스하키팀 선수들과 코치진에게 감사드린다.

2013년 여름 북한산 기슭에서
고정욱

＊ 본 이야기는 작가의 창작에 의한 것으로, 특정 단체와 무관함을 밝힙니다.

1. 분장실에서 만난 사람

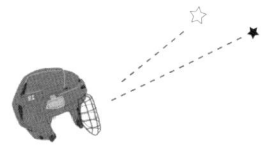

변비는 습한 벽 구석에 자리 잡은 곰팡이 같은 것이다. 점점 커지다가 어느 순간엔 걷잡을 수 없게 되는 것. 먹었으면 결국은 나와야 한다는 사실 하나는 확실하고 분명했다.

"감독님 저 화장실 좀……."

영광은 며칠 전부터 선물로 들어온 곶감을 꾸역꾸역 먹은 대가를 이제야 치를 판이었다. 아침에 집에서 나올 때도 실패한 화장실에서의 밀어내기가 하필이면 경기에 나가려고 작전 회의를 하는 지금 라커룸에서 이루어지려 하고 있었다.

"자식이……. 어서 갔다 와!"

감독은 나중에 보자는 듯 도끼눈을 뜨고 말했다. 유니폼을 입고 스케이트까지 다 신은 영광은 스케이트 날에 보호대를 끼운 뒤 복도로 나왔다. 그러나 화장실은 이미 밖에까지 사람들이 길게 줄을 서 있었다. 추계 대회가 벌어지는 목동 실내 링크에는 선수들의 가족, 친지들과 대회 관계자들까지 잔뜩 몰려들었다. 오늘따라 지상 링크가 광고 촬영으로 폐쇄되는 바람에 사람들이 대회가 열리는 지하 링크로 몰려든 거였다. 허둥지둥 계단을 올라온 영광은 곧바로 항문이 열리고 내용물이 쏟아질 것만 같은 불안 초조함에 식은땀이 다 났다.

그러나 일 층 화장실도 사람들로 만원이긴 마찬가지였다. 무슨 아이돌 그룹이라도 온 것처럼 남녀 학생들이 바글바글 복도에 가득했다. 평소 아이스하키 인기가 이 정도일 줄은 몰랐다.

'큰일 났다. 어쩌지?'

이제 사람만 없다면 아무 데서나 엉덩이를 까고 볼일을 봐야 할 판이었다. 이마가 끈적거릴 정도로 식은땀이 났고, 견딜 수 없게 소름이 끼쳤다.

그 순간 영광은 분장실 안에 화장실이 있다는 걸 기억해 냈다. 가끔 지상 링크에서 공연이 있을 때 이용하는 화장실이다.

뒤뚱대며 달려가서 열어본 분장실은 어쩐 일로 불이 환하게 켜져 있었다. 거울 앞의 등도 휘황찬란했지만 지금 그런 게 문제가 아니었다. 헐레벌떡 들어가 유니폼 바지를 내린 뒤 낭심 보호대를 끄르고 변기에 앉자마자 장 속의 내용물이 벼락처럼 요란한 소리와 함께 쏟아져 나왔다.

"휴우!"

잠시 후 영광은 식은땀을 닦으며 동시에 변기의 물을 내렸다.

"쿠와르르삐르륵고륵졸졸꼬르륵턱조르르……."

비로소 온몸을 감고 도는 편안함. 누가 배설을 인간이 느낄 수 있는 쾌감 가운데 하나라고 했던가. 정말 딱 맞는 말이었다.

하지만 지금은 편안하게 배변을 즐길 시간이 없었다. 감독이 눈에 불을 켜고 기다리고 있을 게 뻔했다. 서둘러 낭심 보호대를 착용하고 다시 유니폼을 입은 뒤 화장실을 나서던 영광은 순간 덩치 커다란 사람들에게 포위되고 말았다.

"어!"

그들은 하나같이 검은 양복에 검은 선글라스를 쓰고 귀에는 이어폰을 끼고 있었다.

"넌 누구냐?"

우악스럽게 깍두기 머리를 한 사람이 영광을 벽으로 밀어붙였다.

"저, 영광인데요!"

"누가 여기 화장실 이용하랬어?"

"저, 시합 나가려다 너무 급해서……."

그들은 사설 경호원들이었다. 다른 경호원이 화장실 안을 들여다보더니 코를 붙잡고 말했다.

"아이고, 냄새. 그 자식 정말 여기 화장실 썼나 봐."

벽의 스위치를 누르자 강력한 팬이 돌아가며 환기하는 소리가 들렸다.
"어서 꺼져! 다시는 여기 이용하지 마. 알았어?"
"네."
영광이 비척대며 분장실을 나설 때였다. 문이 열리며 여자들이 들어왔다. 철제 가방을 들었거나 화려한 의상이 걸린 옷걸이를 손에 든 여자들 서너 명 뒤로 달덩이 같은 빛을 뿜으며 미모의 여인 하나가 모습을 나타냈다. 영광은 그녀를 보는 순간 얼어붙었다.
"어, 김, 김……."
그녀는 올림픽 피겨스케이트 챔피언 김윤아였다.
멀리서 한두 번 본 적은 있었지만 이렇게 코앞에서 마주친 건 처음이었다. 머리 뒤에서 후광을 뿜는 눈부신 미모였다. 주먹만 한 얼굴에 백옥 같은 피부, 비율 좋은 늘씬한 몸매와 긴 다리…….
영광은 여신이라도 강림한 것 같아 할 말을 잃었다. 오늘 일층 링크는 바로 김윤아가 광고 촬영을 위해 통째로 빌렸던 거다.
"야, 어서 안 나가?"
경호원이 영광의 팔을 잡고 질질 끌었다. 영광은 끌려 나가면서도 시선은 김윤아에게서 뗄 수가 없었다.
"어머, 너무 그러지 마세요."
김윤아가 특유의 발랄한 목소리로 경호원을 제지했다. 그러고는 경쾌하게 물었다.

"하키 선수인가 봐요. 어느 학교?"

"네? 네. 서, 성가고등학교요."

"오늘 시합 있어요?"

"네. 덕신고랑요."

"성가고 선배 중에 김성규라고 알아요?"

"네? 네. 우리 선밴데요."

"우리 학교 조교 선배예요. 호호, 오늘 살하세요."

김윤아는 생긋 웃고는 거울 앞으로 가 분장 준비를 했다.

영광은 분장실에서 어떻게 밀려났는지 기억에 없었다. 그저 여신의 은총을 입은 어리석은 신도 같았다. 허공에 떠다니듯 지하로 허청허청 내려와 라커룸으로 올 때까지 황홀경에 빠져 있었다.

'아, 정말 캡 예쁘다. 정말 장난 아니야. 와 이걸 어떡해! 우와!'

그때였다.

"영광이 너 이 시키! 지금 곧 시합 시작하는데……."

감독의 불호령이 떨어졌다. 선수들이 링크로 들어서고 있었다. 하지만 영광은 이 모든 게 꿈속 같았다. 윤아 신의 은총이 내렸기 때문이다. 영광의 그런 은총은 경기가 시작될 때까지 계속됐다.

2. 열렬한 응원

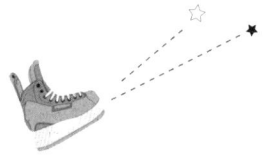

 뒤늦게 들어간 링크에서 올려다본 관중석 여기저기에는 선수들의 가족과 친구, 그리고 관계자들이 모여 앉아 소리 높여 응원하고 있었다.
 "우리 아들, 잘해라!"
 "영진아, 힘내라!"
 "주성이 파이팅!"
 "은석아, 힘내라!"
 영광은 그 가운데서 아버지가 목 놓아 자신을 응원하는 소리를 들었다. 이는 마치 초록 풀 사이에서 메뚜기 한 마리가 뛰어오르는 것 같았다.
 "영광이 파이팅!"
 하지만 다른 응원 소리에 묻혀 그 소리가 진짜인지는 알 수 없었다. 그건 어쩌면 환청에 더 가까운 건지도 몰랐다. 반드시 누군가가 날 응원하고 있으리라는 기대 심리는 안 들리는 소리도 들리게 하는 법이다.

아이스하키부가 있는 초중고는 물론이고 대학과 실업팀까지 총 출전하는 추계 대회는 학교마다 한 해의 성과를 결산한다는 의미에서 매우 중요했다. 영광이 속해 있는 성가고등학교도 결코 예외일 수 없었다.

"너희들이 잘해야 학교에서도 우리에게 더 많이 지원을 한다. 꼭 우승해야 해. 작년에도 우승했으니까 올해도 할 수 있어. 다들 잘하리라 믿는다."

감독은 선수들의 마음을 다잡기 위해 매일 아침 훈련 때마다 선수들을 독려했다. 그건 전 대회 우승팀의 자존심이 걸린 문제이기도 했다. 옆에 있던 코치는 감독의 이야기가 끝나자 조심스럽게 덧붙였다.

"결과가 안 좋으면 감독님께서 입장이 곤란해지신다. 그러니까 너희들, 알지?"

"네!"

무엇이 되었건 우승을 차지하고 그걸 자기 것으로 지키려면 비상한 각오가 필요한 법이다. 인간은 불완전한 존재인데 승리는 완벽함을 요구하기 때문이다. 완벽까지는 아니어도 상대적인 완벽, 다시 말해 조금이라도 실수를 덜 하는 자가 승리자가 되는 것이 이치다. 승리는 언제나 무정하고 냉혹해서 특별한 각오 없이는 얻기 어렵다.

아는 아이들은 이미 알고 있었는데, 사실 지금의 감독은 일부 학부모들에게 약간의 반발을 사고 있었다. 어느 종목이나 마찬가지지만, 학교 아이스하키팀 감독 월급은 매달 부모들이 모아서 내는 돈으로 지급된다. 그렇기에 부모들의 관심은 오직 자기 자녀가 속해 있는 팀이 얼마나 좋은 성적을 내느냐에 쏠려 있었다. 이건 투자를 했으니 이익이 나기를 바라는 마음과도 흡사했다.

간혹 생기는 부모들과 감독진, 혹은 부모들 간의 알력을 잠재우는 가장 좋은 방법은 팀이 좋은 성적을 내 우승하는 것이었다. 좋은 게 좋은 거고, 끝이 좋으면 다 좋은 법이다.

우수한 성적을 올리고 능력을 인정받으면 선수들은 원하는 대학교에 스카우트된다. 사실 아이스하키의 경우, 중학교에서 고등학교로 진학하는 것은 조금만 노력하면 가능했다. 중학교 팀 수와 고등학교 팀 수가 그다지 크게 차이가 나지 않았기 때문이다. 하지만 정말 중요한 것은 대학 진학이었다.

"너희들, 무사히 대학 가려면 이번 추계 대회를 잘 치러야 해. 그래야 3학년 형들이 좋은 대학교에 가고, 또 2학년, 1학년 한테도 기회가 계속 이어지는 거다. 전통 있는 학교들은 거의 그런 식이야."

코치는 늘 귀에 못이 박이도록 말했다. 대학팀은 고작 4개 뿐인데 고등학교는 8개니 단순하게 계산해도 2대 1의 경쟁률이었다.

하지만 아이들에게는 그런 멀리 있는 목표가 중요한 것이 아니었다. 당장 코앞의 시합에서 이기는 것만이 가장 긴박한 문제였기 때문이다.

영광이 다니는 성가고등학교는 늘 결승까지 올라가는 데 별문제가 없었다. 그만큼 아이스하키팀은 역사와 전통을 자랑하고 있었다. 식민지 시대 때 독립운동을 한 설립자가 언제고 일본과 아이스하키 대결을 벌이게 될 때 절대로 지면 안 된다고 해서 결성한 것이 바로 성가고등학교 아이스하키팀이었다.

아무튼 운동경기에서 필요한 말은 딱 두 가지다. 이기느냐, 지느냐.

"자, 다 같이 힘내자! 파이팅!"

감독과 코치의 주문이 끝나자 주장인 명식이가 선수들을 독려했다. 3학년인 그는 이미 아이스하키 명문인 연세대학교로 진학이 결정된 상태였다. 영광은 크게 파이팅을 외치고 링크로 달려 나갔다. 영광과 같은 1학년인 주성이, 영진이도 모두 링크로 뛰어들었다. 성가고등학교 아이스하키팀의 장래가 밝다고 보는 가장 큰 이유는 영광을 비롯해 1학년 가운데 실력이 뛰어나 주전으로 뛰는 아이들이 몇 있었기 때문이다. 그 가운데서도 영광의 실력은 발군이었다. 하지만 주성이나 영진이도 그에 못지않았다.

 심판이 자리를 잡더니 60센티미터 크기의 페이스오프 스포트에 퍽을 던졌다. 시합이 시작됐다.

 "파이팅!"

 "아자!"

 기선을 제압하기 위해 선수들이 일제히 함성을 지르며 스케이팅을 시작했다. 얼음 갈리는 소리와 함께 밀폐된 링크에 함성이 몇 배로 크게 울려 퍼졌다.

 한 팀당 6명씩 12명의 선수가 숨 가쁘게 링크 위를 움직이는 것이 아이스하키 경기다. 어떤 경우에도 빙판 위에 한 팀이 6명 이상 올라가는 건 규칙으로 금하고 있었으니, 골텐더, 라이트 디펜스, 레프트 디펜스, 라이트 윙, 레프트 윙, 그리고 센터가 그들이었다.

 고등학생들의 시합이었지만 덩치는 대학생에 비해 그다지 작지 않았다. 시합은 이내 빠르고 거칠게 전개됐다. 거울 같던 링크는 순식간에 날카로운 스케이트 날에 패이고 스틱에 찍혀 거칠어졌다. 상대인 덕신고도 잘하는 학교였지만 아직 성가고의 상대가 되지 않았다. 거친 숨을 내쉬는 선수들의 입에서 허연 입김이 안개처럼 피어나 링크를 구름처럼 맴돌았다.

3. 맞지 않는 호흡

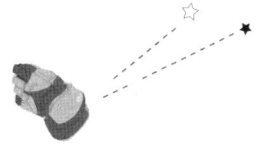

 늘 그렇듯 초반 경기는 서로를 탐색하며 풀어 나간다. 하지만 피리어드가 진행되면서 서서히 몸이 달아오를 때쯤 되면 한쪽으로 기울기 시작한다. 마침내 성가고의 주장 명식이가 영진이의 패스를 받아 노마크 찬스를 놓치지 않고 퍽을 날렸다. 덕신고의 골네트를 가른 퍽이 얼음판에 떨어지면서 기선을 제압했다. 골이었다.
 "와!"
 "아자!"
 성가고 선수들의 함성이 링크에 메아리쳤다. 순조로운 출발이었다. 그렇게 1피리어드가 끝난 뒤 15분간의 휴식을 마치고 2피리어드 중반 2대 0으로 앞서 가자, 성가고 아이들은 조금씩 긴장이 풀리기 시작했다. 이렇게 가면 순조롭게 이길 수 있기 때문이었다.

뒤지고 있던 덕신고 선수들은 2피리어드가 끝나자 벤치에서 감독으로부터 눈물이 쏙 빠지게 야단을 맞았다.

"너희들, 이번에도 성가고한테 지면 국물도 없을 줄 알아. 알았어? 이게 도대체 몇 번째야? 자존심도 없냐?"

덕신고 감독은 성가고 감독과 동기였지만 라이벌 의식으로 똘똘 뭉쳐 있었다. 선수 시절 항상 성가고 감독에게 밀렸기 때문이었다. 그의 머릿속에는 어떻게 해서든 이번만은 성가고를 꺾겠다는 생각뿐이었다.

반면에 성가고 벤치는 상대적으로 여유가 있었다.

"긴장 늦추지 말고, 이대로만 나가면 이길 수 있어."

감독은 계속 자신감을 이어나가도록 선수들을 격려했다. 달리는 말에 채찍질하는 심정이었다. 선수들이 거친 숨을 몰아쉬며 3피리어드 작전 지시를 받고 있을 때, 주성이가 감독 눈치를 보며 영광이 옆구리를 쿡 찔렀다.

"야, 뒤에 봐 봐, 뒤에……."

영광이 고개를 돌리자 강화유리 너머로 여자 친구인 주리와 미주가 응원 와 있는 것이 보였다.

"영광아!"

"주성아, 나 왔어."

두 아이가 활짝 웃으며 팔을 휘젓고 팔짝팔짝 뛰어오르자 갑자기 입가에 미소가 번지며 영광의 어깨에 없던 힘이 들어갔다. 응원의 힘은 바로 그런 거였다. 특히 그것이 여자 친구의 응원이라면 더할 나위가 없었다.

한 번씩 웃어 준 뒤 영광은 다시 감독의 지시에 주의를 집중했다. 그래서 조금 떨어진 자리에 있는 영진이가 시기 어린 눈초리로 자신을 쏘아보는 것은 눈치 채지 못했다.

"자, 마지막 피리어드다. 서로 긴밀하게 패스해 주고 실점하지 않도록 주의해! 영광이는 계속해서 게임 잘 리드하고……."

"네!"

비록 1학년이지만 영광은 팀 내에서 중요한 선수였다. 골키퍼 바로 앞 라이트 디펜스로서 언제나 최종 수비 라인을 지키며 게임을 읽어 내고 전체적으로 리드하는 임무를 맡고 있었다.

다시 링크 문이 열리고 선수들이 얼음판 위로 나섰다. 이제 승부를 결정지어야만 했다.

3피리어드 들어 덕신고는 작전을 바꿨다. 빠른 스틱워크를 가진 아이들 위주로 다시 진용을 짠 것이다.

"어, 애들 다 바꿨네?"

주성이가 다가와 영광에게 말했다.

"쟤들 별거 아냐."

초등학교 시절부터 여러 차례 시합을 통해 많은 선수들과 부딪쳐 본 영광은 선수 개개인의 특성이 어떤지를 이미 아주 잘 알고 있었다. 경기를 한 번이라도 해 봤다는 것은 아침 햇살 같은 것이었다. 경험을 통해 몰랐던 적을 알게 됨으로써 불안한 어둠이 한순간 사라지기 때문이다.

아이스하키는 판이 좁다. 그래서 선수나 부모끼리도 다 알고 있었다. 특히 어려서부터 일찍 운동을 시작한 아이일수록 그랬다. 바로 영광이 그렇게 경험 많은 선수였다. 이렇게 적지 않은 경험을 쌓아 올린 선수가 어떨 때는 시합에서 감독이나 코치보다 더 큰 역할을 하는 법이었다. 위기 상황에서도 경험이 많은 선수는 슬기롭게 대처한다. 경험이 토대가 되지 않은 실력은 허무한 것이기 때문이다.

3피리어드가 시작되자 상대편이 거세게 밀어붙였다. 그때마다 영광은 최종 수비 라인에서 공격수들을 막으며 퍽을 가로챈 뒤 동료 선수들에게 빠르고 정확하게 연결하곤 했다. 그러면서도 기회가 닿으면 종종 하프라인까지 넘어가 공격을 주도했다. 그렇게 공방전이 벌어지면서 덕신고 선수들이 거세게 밀고 들어올 때였다. 오른쪽을 맡고 있던 영진이가 특유의 스틱워크로 상대방 선수가 몰고 오던 퍽을 재빨리 가로챘다. 밀고 들어오던 선수들은 얼음을 깊게 파며 급회전해서 다시 자기네 코트로 돌아갔다. 그때 중앙에 있던 영광은 상대방 진영의 틈새를 보았다. 디펜스들이 수비 위치를 벗어나 있어 골텐더까지는 무인지경이었다. 대개 이렇게 속도가 빠른 경기에서는 틈새가 작아도 그 사이를 뚫고 들어가면 사태는 걷잡을 수 없이 커져 결국 치명적인 패배를 부르는 법이다. 폭발적인 스케이팅으로 영광은 골문을 향해 질주하며 영진이에게 사인을 보냈다.

"영진아! 이쪽으로!"

느낌이 상쾌했다. 영진이를 향해 두세 명의 덕신고 아이들이 달려들 때, 그 틈새로 퍽을 빼내서 송곳처럼 날카롭게 찔러주기만 하면 영광에게 단독 찬스가 나는 것이었다. 영진이는 충분히 그런 능력이 있는 아이었다. 그렇게 미끄러져 오는 퍽을 타이밍에 맞춰 때리기만 하면 골을 넣을 수 있었다. 덕신고 선수들은 순발력이 약해 고교 최강급인 자신의 빠른 퍽을 제대로 막아내지 못하리라는 것을 영광은 이미 알고 있었다.

"이리 보내라고!"

다시 한 번 영진이에게 목이 터져라 채근했다.

"……."

하지만 어찌 된 일인지 영진이는 패스를 하지 않고 스케이팅을 계속했다. 빠르게 지치는 스케이트 날이 좌우로 얼음 가루를 흩뿌렸다. 그대로 두세 명이 에워싸면 이내 보디체크를 당하기 때문에 영광은 슬슬 초조해졌다. 물론 이 모든 과정은 단 1, 2초 사이에 벌어지는 일들이었다.

"여기! 여기!"

뒤늦게 합류해 덕신고 쪽 진영을 유린하며 달리는 성가고 선수들도 소리를 지르며 퍽을 달라고 했다. 그러나 영진이는 힐끗 영광을 바라보더니 엉뚱하게도 위치가 가장 좋지 않은 주성이에게 퍽을 연결했다.

"주성아! 받아!"

그러나 그건 큰 실수였다. 누가 봐도 그 퍽은 단독 찬스가 난 영광에게 와야 할 것이었다. 그래서 준비가 덜 된 주성이는 퍽을 받을 채비가 되어 있지 않았다. 퍽을 잡아 자세를 잡기도 전에 덕신고 레프트 디펜스의 커다란 덩치가 밀고 들어왔다.

"윽!"

거친 보디체크를 당한 주성은 그대로 비명을 지르며 허공에 살짝 떴다가 그대로 나가떨어지고 말았다.

상대방 수비수에 걸려 넘어진다는 건 퍽을 빼앗긴다는 의미였다. 그건 곧 역습의 허용이기도 했다.

"이런!"

이미 상당히 전진해 있던 영광은 오히려 자기편 골문 앞이 비었음을 알고 허둥지둥 백코트 하기 바빴다. 경기 중에는 상대방에게 역습을 당하는 이런 때가 가장 곤혹스럽다. 머뭇거리는 것이 상대에겐 곧 기회이기 때문이다. 빠르게 대응하는 것만이 역습을 막는 방법이지만 그럴 수 없다는 것이 또 역습의 무서운 점이다. 덕신고 센터 명학이는 찬스를 놓치지 않고 롱 패스를 받아 가볍게 성가고 골텐더인 운석이의 가랑이 사이로 퍽을 집어넣고 말았다.

"삐!"

버저가 울리며 덕신고의 스코어가 올라갔다.

"와!"

"골!"

덕신고 선수들이 일제히 하늘이라도 찌를 것처럼 스틱을 들고 환호하며 명학이에게 축하빵을 날렸다.

"……."

기세등등하던 성가고 선수들은 갑자기 찬물 세례를 맞은 기분이 됐다. 사기가 저하되자 성가고 선수들은 급격히 피로가 누적되기 시작했다. 코치가 고래고래 소리를 질렀다.

"야! 영진이! 왜 영광이에게 패스 안 했어!"

영진이는 코치를 바라본 뒤 묵묵히 고개를 숙였다.

4. 예상 못한 패배

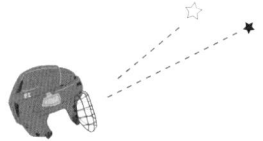

 다시 게임은 속개되었지만 수비수로서 자신이 너무 앞서 나가는 바람에 실점한 것만 같아 영광은 골문을 지키는 데에만 주력하고자 했다.
 그렇지만 아무리 생각해도 영진이가 자신에게 패스해 주지 않은 것은 이해가 되질 않았다. 자신이 골을 넣을 수 있는 기회였기 때문이다. 주로 수비를 맡고 있기 때문에 별로 골을 넣어 본 적은 없지만 초등학교 때 쌓은 득점 감각은 영광에게 여전히 남아 있었다. 언제든지 빈틈만 보이면 퍽을 골문에 찔러 넣을 수 있는 예리한 슛 능력과 뛰어난 스피드를 지녔기 때문이다. 그런 생각을 하자 집중력이 흐트러지는 것 같아 영광은 애써 경기에 몰입하려고 했다. 그때였다.
 "막아!"

어느새 또 퍽을 가로챈 덕신고의 공격수 두 명이 서로 패스를 주고받으며 영광이 앞으로 질풍처럼 달려오고 있었다. 스피드가 생명인 아이스하키는 잠깐이라도 템포를 놓치면 바로 골을 허용할 수 있었다.

"이런, 씨!"

스텝이 엉킨 영광은 뒤늦게 드리블해 오는 덕신고 공격수에게 온몸을 던졌지만 상대방은 벌써 옆에 있는 선수에게 퍽을 주고 보디체크를 받아 냈다. 둔탁한 소리를 내며 몸은 뉘엉겨 허공에 떴다가 링크 바닥으로 떨어졌다. 하지만 그것은 헛된 보디체크였다. 가볍게 패스를 받은 선수는 바로 골텐더와 대결하여 가랑이 사이로 또 한 골을 집어넣고 말았기 때문이다.

"와!"

"오케이!"

덕신고 벤치의 응원단에서 함성이 터져 나왔다. 버저가 요란하게 울리고 이제 동점이었다. 갑자기 피로가 확 몰려왔다.

"야, 이 자식들아! 정신 못 차려?"

감독은 길길이 뛰다 못해 고함을 지르고 있었다. 이건 다 된 밥에 코 빠뜨린 격이었기 때문이다. 감독의 흥분된 목소리를 듣자 아이들은 더욱더 얼어붙었다. 그러자 쉬운 패스도 제대로 이어지지 않았다.

"에이!"

"야! 뭐야!"

링크 여기저기에선 실수로 말미암은 안타까움의 탄성만이 가득했다. 긴장한 성가고 선수들의 움직임은 굼뜨기가 갈라파고스 섬의 코끼리거북 같았다. 그 틈을 타 덕신고 선수들은 더욱 세차게 몰아붙였고, 결국 또 한 골을 추가해 역전에 성공했다.

당황한 성가고는 급격히 무너져 수비도, 공격도 아무것도 되는 게 없었다. 감독은 아예 두 손을 허리춤에 괴고 얼굴만 붉혔다. 코치만 길길이 뛰며 삿대질과 함께 고함을 지를 뿐이었다. 영광은 미칠 것 같았다.

"이리 줘, 이리!"

영광이 아무리 외쳐도 영진이는 여전히 퍽만 잡으면 자신이 처리하거나 다른 선수한테 주었다. 같은 팀이면서 다른 팀 선수처럼 행동하는 영진이가 도무지 이해되지 않았다.

"삐!"

결국 종료 버저가 울렸을 때 스코어는 3대 2였다. 있을 수 없는 성가고의 충격적인 패배였다.

"와아아아!"

경기에서 이긴 덕신고 아이들은 모두 벤치로 달려가 한 덩어리가 됐다. 학교 역사가 짧고 아이스하키를 시작한 지도 얼마 되지 않은 팀이 성가고를 이긴다는 건 있을 수 없는 일이었다. 생각지도 못한 이변이 벌어졌기에 기쁨도 더욱 컸다.

"엉엉엉!"

몇몇 선수는 마치 우승이라도 한 양 울기까지 했다. 이는 마치 축구에서 중국이 공한증恐韓症에서 해방되지 못하다 수십 년 만에 한국을 이긴 모습을 보는 것 같았다.

"……."

약팀에게 지고 만 강팀의 허탈함은 더 클 수밖에 없었다. 축 처진 어깨를 하고 선수들은 벤치로 향했다. 열린 펜스의 작은 출구가 마치 지옥문 같았다. 마지막까지 발을 구르며 관중석에서 목이 터져라 응원하던 성가고 선수의 부모, 친지들 모두 맥이 빠졌다. 경기에서 이기고 지는 것은 늘 있는 일이지만 덕신고에게 진다는 것은 정말 누구도 상상 못 했던 일이었기 때문이다.

"어떻게 된 거지? 잘하다가……."

"글쎄."

부모들은 저마다 패인을 분석하느라 여념이 없었다. 늘 아이들을 따라다니며 훈련하는 모습과 경기를 보다 보니 대부분의 부모는 경기를 해석하는 눈이 거의 전문가 수준이었다.

"갑자기 팀워크가 흩어졌어. 이 녀석들 뭔가 문제가 있는데."

게임을 지켜보던 영광이 아버지가 영진이 아버지에게 말했다.

"영진이가 왜 아까 영광이에게 패스를 안 했을까요?"

"그, 글쎄요."

영진이 아버지도 알 수가 없었다. 그런 상황에서라면 누가 봐도 영광에게 퍽을 찔러줘야 결정적인 기회를 만들 수 있기 때문이다. 영광이 아버지가 말했다.

"제가 보기엔 영진이가 잘못 판단한 거 같은데요."

"제가 보기에도 그렇긴 하지만…… 어쩌면 영광이가 디펜스여서 안 줬을 수도 있죠."

아들 일이라고 영진이 아버지가 은근히 싸고돌았다.

"공격 담당이 아니어서요? 수비수여도 기회가 오면 골을 넣을 수 있는 건데……. 아까 빈 공간에 완전히 기회가 났었잖아요."

"……."

영광이 아버지는 못내 안타까워했다. 운동선수에게 있어서 잘 판단한다는 것은 잘 움직인다는 뜻이었고, 그런 작은 움직임들이 팀원 전체에게 영향을 미쳐 결국 승리를 얻어내기도 하지만, 패배를 자초하기도 했다.

"너희들 갑자기 왜 이러는 거야? 이 새끼들 정신 못 차려?"

"……."

벤치에 모인 선수들은 감독의 질책에 고개만 푹 숙이고 있었다. 감독은 아이들 하나하나를 붙잡고 잘못된 사항을 지적했다. 아이들은 경기에 진 것보다 이 시간이 더 괴로웠다. 한참 감독의 지적이 이어졌다.

"예선 리그니까 한 번쯤은 져도 기회가 있긴 하지만, 이제 앞으로 남은 게임은 다 이겨야 해!"

감독은 더 야단치려다가 그만 접었다. 아이들 기를 너무 죽이면 다음 시합에 지장이 있을 수도 있어서였다. 어차피 예선 리그에서는 2위까지의 팀이 준결승전에 올라가 우승팀을 가리기 때문에 반드시 전 경기를 다 이겨야 할 필요는 없었다.

"다음엔 정말 잘해라. 이따 학교에서 보자. 해산!"

"감사합니다."

일제히 고개 숙여 인사를 함으로써 그날 경기는 그렇게 정리됐다. 하지만 이제 학교에 가서 또 고역을 치러야 했다.

영광이 장비를 챙겨 지하에서 지상으로 올라왔다. 김윤아가 광고 촬영을 하고 있는 1층 링크는 아예 문을 잠가 놓은 것 같았다. 간혹 촬영 관계자만 드나들 뿐이었다. 경기에서 이겼으면 아까의 만남을 자랑스럽게 주위에 떠벌였을 텐데 그러지 못하는 게 안타까울 뿐이었다.

경기장 밖으로 나오자 응원하러 왔던 주리와 미주가 저만치에서 기다리고 있다가 다가왔다.

"에이, 아까워. 오늘 우리 학교 개교기념일이어서 특별히 응원 왔는데."

"미안해, 져서."

영광이 뒤통수를 긁적이며 말했다.

"할 수 없지 뭐. 그런데 지금 또 학교로 운동하러 가는 거야?"
"응, 졌잖아. 오늘 일찍 안 끝날 것 같아."
"난 시합 끝나면 자유 시간 있을 줄 알았지."

주리는 오늘 큰맘 먹고 온 거였다. 오후에 함께 놀 생각이었던 것이다. 영광도 그렇게 되면 아까 김윤아 만난 것도 이야기하고 재미있게 시간을 보낼 작정이었다. 김윤아를 만난 건 일생일대의 큰 사건이기 때문이다. 게다가 김윤아가 이용할지도 모르는 분장실의 화장실을 먼저 사용하다니……. 이보다 더 재미있는 이야기가 어디 있겠는가. 한마디로 전설이 될 일이었는데, 어이없는 패배로 빛이 바랬다. 성가고 아이들은 쉴 겨를도 없이 학교 체육관에 가서 몸을 풀어야 했다.

버스에 오르기 전에 주리는 저만치에서 영광에게 휴대전화를 들어 보였다. 이따 카톡을 하겠다는 거였다. 주리와 미주가 손을 흔들었다. 영광은 고개를 끄덕이고 버스에 올랐다. 영광은 늘 앉던 자리에 앉자 아까의 경기를 되짚으며 건너편에 앉아 이어폰을 끼고 있는 영진을 바라보았다. 녀석은 아무 일 없었다는 듯 음악을 듣고 있었다.

버스 앞자리에 앉은 감독은 낮은 목소리로 옆자리의 코치에게 물었다.

"영광이하고 영진이 사이가 안 좋나?"
"글쎄요. 그럴 리가 없는데요."

"오늘 패스 여러 번 안 하던데? 왜 그런지 한 번 알아봐. 뭐가 문젠지."

"네, 알겠습니다."

아이스하키 선수 생활을 오래 해 온 감독과 코치였기에 둘 사이에 문제가 있다는 걸 모를 리가 없었다. 그날 오후 학교에서 평소보다 고된 마무리 훈련을 끝내고 집으로 돌아갈 무렵 코치는 선수들에게 지시했다.

"내일 아침에 일찍 나오도록. 와서 푹 자고, 각자 왜 패배했는지 생각해 보고 정신들 차려. 얼이 빠져 있어. 우리가 덕신고한테 진다는 게 말이 돼? 너희들 또 지면 정말 그땐 국물도 없어."

"예, 알았습니다."

아이들 모두 기가 죽어 집으로 돌아갔다.

하지만 코치가 주장인 명식이를 조용히 따로 부른 건 아무도 몰랐다.

5. 질투

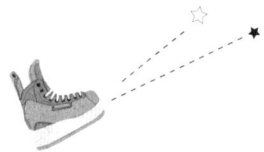

추계 대회 때는 중고등부와 대학부, 실업팀까지 많은 시합이 한꺼번에 열렸기 때문에 다음 시합까지 사흘이란 시간이 남아 있었다. 이런 경우 선수들은 이틀 동안 전술훈련만 하면서 다음 시합을 기다리는 게 일이었다.

다음 상대인 서사고와의 시합을 하루 앞둔 날, 학교에서 훈련을 마친 영광은 라커룸에 있는 휴대전화를 꺼냈다. 주리에게서 카톡이 와 있었다.

오늘 미주랑 대학가에서 분식 먹을 건데
올 수 있어?

학교에서 멀지 않은 곳에 대학가가 있었다. 그곳의 자주 가는 분식집에서 주리는 미주와 기다리겠다는 거였다. 주성이도 여자 친구 미주의 카톡을 받았는지 눈을 찡긋했다.

> 알았어. 이따 갈게.

내일 시합이 있긴 했지만, 두 아이는 연습이 끝난 뒤 버스를 타고 두어 정류장 떨어져 있는 대학가로 향했다. 기분이 우울할수록 빨리 전환해서 활달한 상태로 바꾸는 것이 경기에도 도움이 된다는 걸 잘 알고 있는 영광이었다.

아버지의 차를 타고 학교를 빠져나가던 영진이 먼발치에서 우연히 이 장면을 보았다. 둘이 어디를 가는지 정확히 알진 못했지만, 영진은 본능적으로 영광이 주리를 만나러 가는 게 분명하다고 생각했다. 영진이는 주리의 마음이 영광에게 가 있다는 사실이 너무나 속상했다. 자신이 먼저 주리의 남자 친구가 될 수도 있었기 때문이다.

"야, 쟤 쩔지 않냐?"

지난 봄날 연습을 하러 아이스링크로 걸어가던 영진은 같이 가던 은석이가 옆구리를 쿡쿡 찌르는 바람에 고개를 돌렸다. 거기에는 특별활동을 마친 여자애들이 스케이트화를 어깨에 메고 삼삼오오 링크에서 빠져나오고 있었다.

"누구?"

"저기 분홍색 바람막이 입은 애."

멀리서 봐도 환하게 후광이 비치는 깜찍한 외모의 여자애가 입을 가리며 친구들과 웃고 있었다. 그 웃음소리가 따사로운 봄 햇살에 깨져 유리알처럼 산산이 부서져 날렸다. 순간 영진은 머릿속이 하얗게 변하는 느낌이 들었다.

그때였다. 폭음 소리와 함께 어디선가 오토바이가 달려왔다. 강서고등학교 아이스하키팀의 문준이었다. 녀석은 스즈키 R-1000을 타고 다녔다. 날렵한 디자인의 오토바이 연료통에 가슴을 밀착시키고 엎드리듯 탄 녀석은 폭음 소리를 내며 여학생들 사이를 뚫고 들어오더니 드리프팅 하듯 오토바이를 몰아 크게 급회전했다. 뒷바퀴가 콘크리트 바닥에 쓸리며 매캐한 흰 연기가 솟았다.

"꺄악!"

"엄마야!"

여학생들은 여기저기서 비명을 질렀다. 그 서슬에 주리는 깜짝 놀라 엉덩방아를 찧었다.

"어머, 뭐 저런 애가 다 있어?"

옆에 있던 여자애들도 모두 놀라 얼굴이 사색이 됐다. 녀석이 시동을 꺼 요란한 폭음을 잠재운 뒤 오토바이를 세웠다. 뒤에 매달아 놓은 스틱과 장비를 어깨에 멜 때 주위의 학생들은 모두 가자미눈으로 녀석을 쏘아봤다. 그러한 시선을 즐기기라도 하듯 녀석은 희희낙락이었다. 남들을 놀라게 한 것에 대한 미안함은 전혀 없었다.

영진이 볼 때 그건 옳지 않았다. 어디서 났는지 알 수 없는 용기로 문준의 앞을 막아섰다.

"야! 문준!"

목소리에 힘을 주었다.

"왜? 뭐야?"

녀석도 강하게 나왔다.

"너 인마! 오토바이를 그렇게 위험하게 몰면 어떡해?"

"네가 무슨 상관이야?"

"애들이 놀랐잖아."

"야. 뭐 정의의 기사라도 난 건가?"

녀석은 빈정대며 쏘아봤다. 지난번에 아이스하키 대회에서 성적이 좋게 나와 아버지가 사줬다는 오토바이가 옆에서 번쩍이며 빛을 발하고 있었다.

"오토바이 타고 다니면서 개폼 잡고 다니면 다냐?"

"뭐?"

들고 있던 가방을 떨구며 문준이가 인상을 푹 썼다. 그때 은석이가 나서서 말렸다.

"야야! 문준아, 하지 마. 영진아, 너도 참아."

은석이는 문준이와 초등학교 동창으로 같이 아이스하키를 해서 서로 잘 알고 있었다.

하지만 말리는 것과는 상관없이 두 아이는 일전을 불사할 분위기였다. 주위에 있던 아이들 눈빛이 오토바이를 타고 와서 폼을 잡는 문준이에게 결코 호의적이지 않자 녀석은 사세가 불리하다고 여겼는지 돌아서며 말했다.

"내 오토바이가 부러워서 그러나 본데, 내 눈앞에 다시는 띄지 마라."

지고 있을 영진이가 아니었다.

"야, 그깟 썩은 오토바이 하나도 안 부럽고, 네 눈앞에 띄든 말든 상관할 바 없어."

"미친놈, 졸라 잘난 척하기는……."

문준은 한마디 내뱉고는 연습 시간에 늦었는지 아이스링크로 달려갔다.

성가고등학교는 학생들이 오토바이를 타고 다니는 것을 규제했다. 단체로 움직이고 단체로 다닐 뿐이었다. 그렇지만 오토바이를 타고 폼을 잡으며 오는 녀석들을 보면 젊은 청춘의 피가 끓었다. 누구나 한 번쯤은 오토바이를 타며 폭주하고 싶은 심정이었다.

엉덩방아를 찧고 일어나는 주리에게 영진이는 조심스럽게 다가갔다.

"안 다쳤니?"

"응."

어디서 그런 용기가 났는지 모른다. 영진이는 손이라도 내밀까 하다가 가슴이 벌렁벌렁 뛰어 그냥 돌아섰다.

하지만 영진이는 갑자기 영웅이 된 분위기였다. 옆에 있던 은석이가 주리와 같이 있던 여자애 하나와 아는 척을 했다.

"어? 너 혹시?"

그러자 여자애가 먼저 알아봤다.

"어머, 너 학민 초등학교 나왔지?"

"맞아. 너도 학민이지?"

"응. 나 너랑 4학년 때 같은 반이었어. 희진이."

"그래. 기억나는 것 같아."

"아까 오토바이 타던 애 문준이지?"

"응."

희진이는 바로 은석이와 수다를 떨었다.

"문준이 걔 초등학교 때부터 잘난 척하더니 정말 못됐어."

그때 저만치 서 있던 영진이 은석이를 불렀다.

"야, 빨리 와!"

"잠깐, 기다려. 희진아, 너 전화번호 좀 줘 봐. 초등학교 때 친구들 만나냐?

"응 만나. 너 여전히 아이스하키 하는구나?"

희진이가 은석이의 휴대전화에 자기 번호를 찍어 주는 동안 영진은 하릴없이 서 있었다. 번호를 받은 뒤에 은석은 영진이에게 뛰어왔다. 그동안 주리는 넋이 나간 것처럼 영진이를 바라보다 아이들과 함께 다시 제 갈 길을 갔다.

은석이 옆에서 툭 치며 말했다.

"야, 너 오늘 멋있었어. 근데 문준이한테 찍혀서 어쩌냐?"

"찍히긴. 애새끼 눈꼴사납던데, 안 그래도 언제 한번 손봐 주려고 했었어."

그렇게 은석이를 통해 영진이는 나중에 주리의 전화번호도 알게 됐다.

처음 주리를 본 지난봄 어느 날부터인가 영진이는 짝사랑의 열병을 앓고 있었다. 영웅적인 마음으로 나섰던 자기 자신이 영진은 잘 믿어지지 않았다. 약간은 소심하고 내성적인 성격이었기 때문이다. 그러다 보니 주리의 남자 친구인 영광도 자연히 미워졌다. 주리처럼 마음에 드는 아이가 자기는 안중에도 없고 영광을 좋아한다는 사실이 괴로웠다. 이틀 전 영광을 응원하며 팔짝팔짝 뛰는 주리의 모습을 보고 영진이는 적잖이 충격을 받았다.

'저 응원이 나를 위한 것이었다면 얼마나 좋을까.'

그런 생각을 하자 갑자기 영광에게 패스해 주기 싫었다. 주리에게 자신의 멋진 모습만 보여 주고 싶었다. 내일 시합에서도 영진이는 영광에게 패스를 하지 않으리라 내심 각오를 하고 있었다.

  질투나 누군가를 미워하는 감정은 가만히 따지고 보면 원하는 것을 이루지 못하는 불만족에서 오는 거였다. 영진이가 느끼는 불만족은 바로 자신이 좋아하는 여학생인 주리가 영광의 여자 친구라는 사실이었다. 소극적인 불만이 질투라면 이제 막 영진이의 불만은 적극적인 불만인 증오로 변질되어 가고 있었다. 아니 어쩌면 그것이 자연스러운 건지도 몰랐다. 질투나 증오, 둘 다 출발점은 불만족으로 같기 때문이다.

6. 또 다른 질투

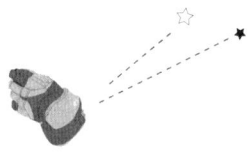

대학가로 가는 버스 안에서 주성이와 영광도 이 주제로 대화를 나누고 있었다.

"야, 저번 시합에서 이상한 게 있었어. 뭐냐? 영진이가 너한테 일부러 패스 안 한 거야. 맞지? 왜 그러냐, 걔?"

스스로 질문을 하고 스스로 대답을 하는 특이한 말버릇의 주성이가 새삼스럽게 그 문제를 끄집어냈다.

"몰라, 나도 이유를 모르겠는데. 그 자식이 개미쳤나."

영광은 말머리에 '개'를 붙였다. 그렇게 붙이는 게 아이들의 말버릇이긴 하지만 영광은 유난히 심했다. 그렇게 하면 강조가 되기 때문이다. 자신의 말을 좀 더 강하게 표현하는 다른 방법을 모르니 그럴 수밖에 없었다. 때론 더 강하게 하려고 '캐'를 붙이기도 했다.

"뭐 담엔 안 그러겠지."

영광은 대수롭지 않게 받아들였다. 그 대범함이 영광의 장점이자 단점이었다. 가장 좋은 건 대범하면서도 신중함을 겸비하는 것인데, 영광은 어떤 어려운 일을 당해도 쉽게 마음이 꺾이지는 않지만 신중하지 못해 실수할 위험이 컸다.

"내일 또 그러면 어떡하냐?"

"설마. 오늘 코치님이 그렇게까지 말씀하셨는데 내일은 제대로 하겠지."

"내일도 그러면 방법이 있어. 뭐냐? 내가 한번 물어보지. 어떻게? 너한테 무슨 감정 있냐고……."

"감정 있을 일이 없는데……."

"너한테 뭐 아니꼬운 거 있나?"

영진과 그렇게 얽힐 일은 없었지만 영광은 곰곰이 생각해 보았다. 기억을 더듬어 보니 가끔 주리와 자신을 보는 눈이 예사롭지 않았던 것이 떠올랐다.

"개미친놈, 혹시 걔, 주리 좋아하는 거 아냐?"

옆에서 주성이가 펄쩍 뛰었다.

"뭐? 주리를? 야, 설마. 왜? 걔도 너랑 주리가 사귀는 거 알 테니까."

"저번에 그러더라고. 사귀고 싶다고. 그래서 내가 안 된다 그랬지."

"에이, 그럴 리 없어. 이유는? 바로 아무리 그래도 같은 팀인데 여자 하나 가지고 그러겠냐는 거지."

"그러니까 나도 웃긴다는 거 아니냐. 그 자식도 여자애들한테 인기 많던데."

영진이는 곱게 생긴 얼굴 때문에 여자아이들에게 관심을 끌었다. 몇몇 여자아이들은 한동안 영진이를 따라다니기도 했다.

하지만 영진이의 눈에 주리는 다른 어떤 여자아이들보다 더 매력이 있었다. 얼굴 형태가 갸름한 계란형도 아니고, 오목조목 예쁜 것도 아니었지만 시원스럽고 조화로웠다. 게다가 팔다리가 길어 늘씬해 보이는 것이 허리가 길고 하체가 짧은 여느 여자아이들과는 달랐다. 게다가 미국에서 살다 와서인지, 늘 밝게 웃는 태생적 천진함이 보고만 있어도 마음을 환하게 해 주었다. 그렇게 봐서인지 김윤아와도 분위기가 비슷했다.

"야, 그나저나 나 어제 시합하기 전에 무슨 일 있었는지 아냐? 완전 개대박이야!"

"뭔데? 무슨 일 있었어?"

"나 화장실 다녀왔잖아. 그때 무슨 일 있었는지 알아?"

"아니! 너 똥 누고 온 거 아녔어?"

"똥은 무슨, 인마. 나 김윤아 만났어!"

"뭐? 정말?"

영광은 자신이 본 천사 같은 김윤아에 대해 자세하게 너스

레를 떨었다. 그녀의 미모와 그 우아한 태도, 부드러운 음성을 자기가 할 수 있는 모든 표현을 얹어서 강조했다. 듣고 있던 주성의 눈이 화등잔만 해졌다.

"와! 대박, 대박! 너 인증 샷! 인증 샷 찍었냐?"

"개미친놈아. 인증 샷을 어케 찍어! 똥 누러 갔는데……."

"아, 미치겠다! 그걸 찍었어야 했는데. 오, 쉣! 오, 빌어먹을! 오, 저주받을……."

가는 길 내내 주성이는 김윤아를 만나지 못한 자신의 운명을 저주했다. 길길이 뛰는 주성이를 끌고 분식집에 도착하니 주리와 미주는 이미 튀김을 한 접시 시켜 놓고 먹으며 웃고 떠들고 있었다.

"어서 와."

자리에 앉자마자 주성이 마구 떠들었다.

"야, 영광이 이 자식 누구 만났는지 알아? 김윤아를 만났대!"

"뭐? 피겨스케이팅 선수 김윤아?"

"응! 저번 시합에서!"

"와, 대박!"

"어머, 정말?"

네 아이는 음식을 입에 넣어 가면서 김윤아에 대해 한참 이야기를 나눴다. 여자아이들은 주로 김윤아의 용모에 대해 물었다.

"옷은 뭐 입었어?"

"쌩얼이야? 완전 우윳빛깔이야?"

"몸매 비율 좋아?"

"다리 길어?"

그러나 그런 면에서 남자아이인 영광의 표현력은 금세 바닥이 났다.

"아, 그냥 캐이쁘더라구."

아무리 물어봐야 더 나올 게 없다고 생각했는지 두 여자아이는 김윤아의 화장품에서부터 광고, 그리고 피부와 액세서리까지 들먹이며 실컷 수다를 떨었다. 그러다 잊었다는 듯 남자친구들이 아이스하키 선수들이니 대화는 원하지 않아도 자연스럽게 아이스하키 시합으로 옮겨갔다.

"그런데 영광아, 엊그제 시합 왜 진 거야?"

주성이가 주리의 질문에 대신 나서서 대답했다.

"나도 이유는 잘 몰라. 그래도 생각은 있지 않냐구? 내 생각엔 영진이 녀석이 영광이를 미워하는 것 같아."

주성이가 일러바쳤다. 그러자 미주가 옆에서 맞장구를 쳤다.

"나도 그렇게 봤어. 영진이가 영광이한테 패스를 안 하더라. 너희들 싸웠니?"

"아냐, 싸우지 않았어. 같은 팀 선수끼리 왜 싸워."

긴말하기 싫어서 영광은 말꼬리를 잘랐다.

"오프사이드 될까 봐 그랬나 봐."

"오프사이드가 뭐야?"

아이스하키 용어를 모르는 미주가 물었다. 영광과 주성은 그 초보적인 질문에 대답할 가치를 못 느꼈다.

"그건 축구랑 비슷해. 공격하는 팀은 적의 진영에 퍽보다 먼저 들어가면 안 되는 거야."

주리의 설명에 미주는 고개를 끄덕였다.

"아, 그렇구나."

주리는 이미 아이스하키 룰을 완벽하게 꿰고 있었다. 얼마 전까지 미국에서 살다 온 경험 덕분이었다.

"하지만 그때는 오프사이드 아니었어."

주리가 자신이 본 걸 이야기했다.

"너희들 사이 안 좋지?"

"……."

미주의 물음에 영광은 묵묵부답이었다.

주리는 문득 이게 자기 때문일 수도 있겠다고 생각했다.

"사실은…… 말 안 하려고 했는데…… 영진이가 나한테 여러 번 카톡 보냈었어."

"뭐라고?"

영광이 격하게 반응했다.

"혹시 그것 때문에 시합에서까지 감정이 섞여 그런 게 아닌가 싶어 걱정했어."

영광은 자기도 모르게 주먹을 꽉 쥐었다. 자기 여자 친구에게 다른 남자애가 연락을 취했다는 사실을 받아들이기 어려웠다.

"무, 무슨 내용인데?"

놀란 표정으로 주성이가 대신 물었다.

"별거 아니야. 그냥 밥 먹었냐고 물어보기도 하고, 언제 연습하는 거 구경하러 오지 않겠냐고 물어보기도 하고……."

"야, 보여줘 봐."

주성이가 나섰다. 영광도 애써 외면하면서도 곁눈으로 주리의 스마트폰 화면을 살폈다.

나 삼각 김밥 먹어.
너는 밥 먹었어?

아니.

배고프겠다.
우리 연습 언제 구경 와?
훈련 너무 해서 힘들어.

ㅋ 고생 좀 해야겠다.
요즘 그 오토바이 타는 재수 없는 애 봐?

아니, 왜?

그냥, 혹시 싸웠나 해서.

그 자식 우엑이야.

ㅎㅎ 그래도 간지 난다고 좋아하는 애들도 있어.

그 화면을 보자 영광은 피가 거꾸로 도는 것 같았다. 난생처음 느껴 보는 질투심이었다. 하지만 감정대로 말을 내뱉었다가는 무슨 실수를 할지 몰라 애써 마음을 삭혔다.

"야, 영광이 화났나 봐."

눈치를 챈 미주가 주리 팔뚝을 살짝 치며 말했다. 사소한 일에 질투하고 있다는 사실이 드러날까 봐 영광은 애써 미소를 지으며 표정을 관리했다.

"아냐, 나 화 안 났어. 화는 무슨……."

"그래. 아무것도 아니었어. 같은 팀끼리 그럴 리가 없지. 다른 걸로 화난 걸 거야. 그러니까 뭐가 문제인지 물어보고 풀어. 엊그제도 그래서 진 거 아냐?"

남의 속도 모르는 주리의 말에 영광은 다시 화가 치밀었지만, 애써 자제하며 대답했다.

"응, 알았어. 내일은 더 열심히 할게."

속에서 열불이 났다. 당장에라도 쫓아가 영진이 녀석 멱살이라도 잡고 싶었지만 그럴 수 없었다. 아니라고 잡아뗄 게 뻔했기 때문이다. 덩치로 보나 주먹으로 보나 영진이는 영광에게 정면 대결 상대가 되지 못했다. 두려움 속에서 태어나 비겁한 자로 살아가는 게 인간이기에, 신체에 위해가 가해질 것 같다고 생각하면 어떤 틈바구니건 그 안으로 몸을 숨기려는 법이다.

아이들은 영화 한 편만 보고 서둘러 헤어졌다. 이야기가 민감한 곳으로 흘러 분위기가 되살아나지 않았기 때문이다.

"나 내일은 응원 못 가."

학원에 가야 한다면서 주리가 한 말이었다. 영광은 작별의 표시로 손만 흔들었다.

남자애들이 멀어지자, 미주가 주리를 보며 킥킥댔다.

"너 봤어? 아까 영광이 얼굴. 질투하나 봐."

"계집애, 아니야!"

주리는 미주를 미소 띤 얼굴로 쏘아봤다.

"아니긴 뭐가 아냐? 아주 귀여워 죽는 줄 알았어. 호호!"

그건 사실이었다. 영광이 자기를 얼마나 좋아하는지 아까 그 표정에 다 쓰여 있었기 때문이다.

"남자애들 정말 웃긴다, 하하하!"

주리는 남자처럼 허공에 대고 껄껄 웃었다. 여학생이 남자처럼 호탕하게 웃으니 지나가던 행인들이 돌아봤다.

7. 김윤아의 책

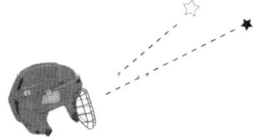

 영광은 디지털 도어락 번호를 누르고 집에 들어갔다. 역시 아무도 없었다. 학습지 방문 교사인 어머니는 회원들 집을 가가호호 방문하느라 늘 바빴다. 아버지, 어머니 그리고 영광이까지도 집에 있는 시간이 별로 없다 보니, 으레 집에 있는 따스한 기운은 별로 느껴지지 않았다. 게다가 남양주에 혼자 사는 외할머니가 몸이 편치 않았다. 그래서 어머니는 일이 끝나면 그곳에 들러 외할머니를 들여다보고 보살피는 경우가 많아 심심치 않게 자고 올 때도 많았다. 그럴 때면 집에는 남자 둘만 덜렁 남았다.
 거실 한구석에 아버지가 개서 한쪽으로 밀어 놓은 요와 이불이 마치 벗어 놓은 뱀 허물처럼 보였다. 어머니가 안방에서 자고 아버지가 거실에서 잔 지도 벌써 몇 년이나 됐다. 그래서

물리적으로 집이 비어서 주는 썰렁함보다 심리적 쓸쓸함이 더 컸다. 항상 집에서 느껴지는 그런 분위기가 사이가 별로 좋지 않은 부모님 관계를 말해 주었다.

하지만 지금은 그런 것에 신경 쓸 여유가 없었다. 당장 코앞의 시합에 집중해야 했다. 대강 씻고 피곤한 몸을 침대에 뉘었다. 훈련도 고되었지만 오후에 만난 주리와의 대화도 곰곰이 돌이켜 보니 제법 신경 쓰였다. 영진이가 생각보다 자신과 주리 사이를 더 심하게 질투할 수도 있겠다는 데까지 생각이 미치자, 어떤 식으로든 이 문제를 해결해야겠다는 결심을 하게 됐다.

"영광아, 치킨 사 왔다. 먹어라."

그날 저녁 늦게 돌아온 아버지가 얼핏 잠든 영광을 깨웠다. 부신 눈을 떠보니 이미 열 시가 넘어 있었다.

"아빠, 이제 오셨어요? 엄마는요?"

"엄만 아직 안 들어왔다."

거실로 나오니 식탁 위에 아버지가 사 온 양념 치킨이 놓여 있었다. 포장을 열어 혼자 치킨을 먹으며 영광은 아버지가 샤워하는 소리를 들었다. 어머니는 오늘도 밤늦게까지 학생들을 가르치고 외할머니 댁에서 자고 올 모양이었다.

아버지와 어머니 사이가 소원해진 것은 두 사람의 성격 탓도 있지만, 처음엔 사소한 것에서 시작됐다고 영광은 생각했다. 별것 아닌 일에 옥신각신하다가 싸움으로 발전하는 경우가 많았기 때문이다.

부부 싸움을 하지 않는다고 사이가 좋거나 자주 한다고 해서 애정이 없는 것은 아니다. 그러나 아버지와 어머니는 한번 언성이 높아지면 별별 소리가 다 쏟아져 나왔다. 아마도 부부라는 건 할 말 못할 말 다 하는 관계이다 보니 그게 오히려 빌미가 되어 다툼이 있을 땐 더 심하게 싸우는 것 같았다.

영광이 나중에 결혼하면 자기는 말 한마디, 행농 하나하나까지 조심해서 하겠다고 결심한 것도 부모가 반면교사 노릇을 했기 때문이다. 오늘 낮에 주리가 영진이 이야기를 했을 때 즉각적인 반응을 보이지 않은 것도 그런 경험이 쌓여서였다.

"에라, 나도 모르겠다."

영광은 이불을 머리끝까지 당겨 덮었다. 그러다 문득 떠오른 것이 김윤아였다. 김윤아의 모습이 마치 영화 〈친절한 금자씨〉의 포스터에 나오는 성스러운 후광을 배경으로 한 이영애처럼 머릿속에 떠올랐다. 우연히 만났던 것이 잊히지 않았다.

'김윤아 홈페이지에나 가 보자.'

그런 생각을 하자 잠이 훌쩍 달아났다. 벌떡 일어나 책상에 앉아 컴퓨터를 켰다.

인터넷에 접속해서 찾아 들어간 김윤아의 홈페이지는 대단했다. 우선 세련된 디자인으로 구성되어 있을 뿐만 아니라 외국 사람들도 찾아와 볼 수 있도록 메뉴 대부분이 영어로 되어 있었다. 프로필과 그동안의 약력을 보니 이보다 더 화려할 수는 없었다.

'와, 개쩔잖아!'

영광이 가장 놀란 것은 김윤아의 성취였다. 자신보다 불과 몇 살 많지 않은 김윤아의 놀라운 업적은 입이 딱 벌어지는 것이었다. 연도별로 정리되어 있는 그녀의 성공 역사는 어마어마했다. 보고 있던 영광은 도전 정신이 살아나기보다는 먼저 주눅이 들었다.

'난 그동안 뭐 한 거임. 이렇게 개한심하다니.'

비인기 종목인 아이스하키, 그것도 고등학생으로서는 실력이 조금 있을지 모르지만 고작 팀원의 일부가 되어 아무도 알아주지 않는 노력을 하고 있는 건 아닌가 싶었다. 갑자기 비참해지는 기분이었다. 부정적인 생각이 잔뜩 밀려들었다.

하지만 김윤아를 직접 만났다는 그 강력한 경험은 끝까지 홈페이지를 구경하게 만들었다. 메뉴는 윤아에 대한 뉴스와 갤러리, 비디오 그리고 커뮤니티로 구성되어 있었다. 이곳저곳 들여다보며 영광은 세계적인 스타와 자신과의 거리를 느끼지 않을 수 없었다. 더욱 놀란 것은 윤아가 자신이 이룬 성공을 결코 혼자 독차지하지 않았다는 점이다. 유니세프를 통하여 난치병 아이들에게 후원금을 전달한 것을 시작으로 과거에 CF 출

연료 등을 수시로 기부한 내용이 화면 가득 떠오르자 더 이상 할 말이 없었다.

'우와, 1억 원씩 팍팍 기부해. 개간지다. 나도 저럴 수 있으면 개좋을 텐데.'

성공도 대단한데 성공 이후의 윤아의 움직임은 눈부신 것이었다. 실제로 만나고 나서 살펴본 김윤아의 홈페이지는 영광에게 경이로움 그 자체였다. 가슴이 설레었다. 자신도 성공해서 이런 멋진 삶을 살아보고 싶기도 했다. 하지만 불가능할 거라는 생각이 지배적이었다. 김윤아는 어린 시절부터 소질이 있었고, 열심히 했고, 후원자가 많았기 때문이다. 자신은 집에서 운동을 하느니 마느니로 어머니 아버지가 다투고나 있으니 한심하기 짝이 없었다.

'에휴. 난 안 돼.'

시간 가는 줄도 모르고 살펴보던 영광이 그때 주목한 것은 질문 코너였다. 윤아가 좋아하는 것들을 물어본 페이지의 질문 하나가 눈에 와서 머물렀다.

자신에게 영감을 준/주는 책은?

클릭하니 답은 긴 제목의 책이었다.

Answer 지금 고민한 만큼 너는 단단해질 것이다

'뭐 이렇게 제목이 길어? 고민한 만큼 단단해져? 줄이면 고단이네. 이 책이 그렇게 좋은가? 무슨 책이지? 뭐지?'

컴퓨터를 끄면서 영광은 생각했다. 무슨 책이기에 김윤아가 좋아하는 걸까. 피겨스케이팅 세계 챔피언인 윤아가 좋아하는 책이라면 당장 사 봐야 되겠다는 생각이 들었다.

인터넷 쇼핑몰에 들어갔다. 그곳에서 책 제목을 치니 화면에 표지가 떠올랐다. 필자는 맥스웰이라는 미국의 자기계발 리더십 전문가였다. 구매하려고 하니 회원 가입을 해야만 했다. 옷이나 신발처럼 다른 물품을 구매하는 것에는 익숙했지만 아직까지 인터넷으로 책을 사본 적 없는 영광이었다. 이것저것 요구하는 것을 쳐 넣고 나서 장바구니에 책을 담았다. 그리고 몇 번의 시행착오를 거쳐 실시간 계좌 이체로 책을 구매하니 휴대전화에 구매 확인 문자가 떴다. 이제 남은 일은 책이 배달되어 오기만을 기다리는 것이었다. 내일 경기를 위해 이제는 불을 끄고 자야 할 시간이었다.

8. 구타

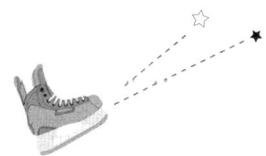

다음 날, 드디어 서사고와의 경기가 있었다. 코치는 굳은 얼굴로 다시 한 번 신신당부했다.

"야, 서로 패스 잘하고 약속한 대로 경기에만 집중하라고. 알았어?"

"네."

대답은 그렇게 했지만 사실 영진이가 영광에게 패스할 상황은 좀처럼 벌어지지 않았다. 1피리어드가 끝날 때까지 별일이 없었던 것이다. 그렇지만 또 패스하지 않을까 봐 영광은 불안했다.

'오늘은 저 자식이 패스를 해야 하는데…….'

자꾸 다른 것에 집중하니 몸이 어색하고 잘 움직여지지 않았다. 상황은 2피리어드가 끝나자 급격하게 변했다. 지고 있던 서사고가 작전을 공격적으로 바꾼 거였다. 수비하다 지느니 공격이라도 해야겠다고 생각한 듯했다. 갑자기 저돌적으로 밀고 들어오는 서사고의 공격수들을 막는 횟수가 늘었다. 영광은 기다렸다는 듯 몸으로, 빠른 스케이팅으로, 혹은 현란한 스틱워크로 퍽을 가로채곤 했다.

서사고의 3학년 주장이 빠른 몸짓으로 퍽을 몰고 들어올 때였다. 훨씬 덩치가 큰 영광이 가로막아 퍽을 뺏은 뒤 등을 돌려버리자 공격권은 순식간에 성가고 차지가 됐다.

"영광아!"

재빠르게 공격으로 전환하는 선수들을 보며 영광은 누구에게 퍽을 줄 것인가 둘러봤다. 마침 빈 곳을 뚫고 달리고 있는 건 영진이었다. 그쪽으로 퍽을 쏘아 보내면 기회가 올 것 같았다. 있는 힘껏 퍽을 때리려던 영광은 순간 멈칫했다.

'내가 왜 저 자식한테 패스해야 해? 나한테는 한 번 주지도 않았는데.'

마가 낀 거였다. 그렇게밖에는 설명할 수가 없었다. 오로지 승부에만 집착해야 할 순간 영광은 머뭇거리다 자신도 모르게 찰나의 시간에서 머리카락만큼 늦게 스틱을 휘둘렀다. 퍽은 엉뚱하게 뒤늦게 치고 나가던 주성이에게로 미끄러져 갔다. 달려 나가던 영진이는 자신에게 퍽이 오지 않자 스케이팅 속도를 늦춰 버렸다.

그 이후 영진은 영광에게, 영광은 영진에게 절대 패스를 하지 않았다. 영진이는 일찌감치 다른 곳으로 패스를 하거나 자신이 직접 드리블을 했다. 선수들이 엉뚱한 행동을 하니 작전은 자꾸 흐트러졌다. 그건 영광도 마찬가지였다.

"영진이 너 왜 자꾸 패스 똑바로 안 해?"

감독이 쉬는 시간에 노한 목소리로 물었다. 2피리어드가 끝난 현재 스코어는 2대 1로 간신히 성가고가 이기고 있었다.

"잘하고 있는데……."

"아까도 몇 번이나 영광이에게 패스했어야 하는데 안 했잖아."

"잘 못 봤어요. 저는 앞으로 주는 게 더 좋아 보여서……."

영광은 영진이가 적당히 둘러대는 거란 걸 알았다. 하지만 일부러 패스하지 않은 게 아니라니 더는 다그칠 방도가 없었다.

"다음 피리어드에선 똑바로 해라."

감독은 결정적인 의도를 잡아내지 못하자 더 이상 말을 잇지 않았다. 당장 중요한 건 진행 중인 시합이었기 때문이다.

"자 기운 내라. 압승해야지."

영광은 금세 자신의 행동을 후회했다. 옹졸하게 패스하지 않는 건 부끄러운 일이었다. 다음 피리어드에서는 꼭 패스해주리라 결심하며 링크로 나갔다.

3피리어드가 시작됐다. 영광이 아무리 소리 질러도 영진이는 딴 아이들에게만 패스했다. 아니, 그렇게 보였다. 영광이 악을 써 보았지만 소용이 없었다.

경기 결과는 4대 3. 서사고는 덕신고보다 한참 실력이 떨어지는 학교여서 전력상으론 크게 이겨야 정상이었지만, 1점 차로 간신히 승리한 거였다. 그것도 내내 동점으로 고전하다가 종료 직전에 터진 결승골로 간신히 이겼다.

화가 난 감독과 코치는 아무 말도 하지 않았다. 버스를 타고 학교로 돌아오는 동안에도 버스 안 분위기는 내내 늪처럼 가라앉아 있었다. 게임에서 이겼지만 이긴 분위기가 아니었다. 격한 경기를 치른 뒤 온몸이 파김치가 된 아이들을 가장 힘들게 하는 건 불안감이었다. 불안감은 어린 영혼을 좀먹는 벌레였다.

용역 업체에서 파견 나온 경비 아저씨가 교문을 열어 주자, 옆면에 '성가고 빙구부'라는 글자가 새겨진 버스가 운동장으로 들어갔다. 뭐가 되었든 오늘 모종의 사건이 벌어질 곳은 이곳이었다.

"장비 갖다 놓고 운동장 뛰자."

주장인 3학년 명식이가 힘없이 말했다. 도살장에 끌려가는 소들처럼 아이들은 아이스하키 실에 무거운 장비 가방을 되는대로 갖다 놓고 운동장으로 모였다. 코치와 감독은 보이지 않았다. 평소에 마무리 운동까지 지켜보는 그들인지라 이런 예외적 현상은 불길한 예감이 점점 사실로 다가오고 있다는 확실한

전조였다.

늘 하던 대로 아이들은 운동장을 돌기 시작했다. 운동장 가장자리에 심어 놓은 나무들 사이를 뚫고 달리는 기분은 상쾌할 만도 했지만, 두어 바퀴째 달리기를 이어가자 이내 숨은 가빠지고 심장 박동은 빨라졌다. 어느새 목표했던 다섯 바퀴를 채우는 게 급선무가 됐다. 육체적으로 힘들어지면 아무 생각이 없어지곤 한다. 영광의 머릿속도 어느새 멍해졌다.

"야! 다들 체육관으로 집합!"

네 바퀴쯤 돌았을 때 아이스하키 실에서 나온 코치가 천천히 걸어오면서 큰 소리로 외쳤다. 올 게 왔다.

"네!"

아이들은 마치 선착순이라도 되는 양 체육관으로 누가 먼저랄 것도 없이 뛰었다.

무슨 소리건 메아리로 확장시키는 체육관 한쪽 벽에는 각종 운동 용품을 넣어 두는 작은 방이 있었다. 선수들이 모두 들어오자 코치가 문을 걸어 잠갔다. 누가 강제로 문을 열고 들어올 일도 없었지만 문손잡이의 단추 하나 누르는 행위는 백 마디 말보다 더 무섭게 지금의 상황을 잘 설명하고 있었다. 이는 마치 과거 교사들이 말 안 듣는 아이들을 두들겨 팰 때 시계부터 푸는 것과 흡사했다.

방 한쪽에서 감독이 걸상에 앉아 부러진 스틱을 들고 기다리고 있었다. 순간 아이들은 알았다. 오늘은 정말 쉽게 넘어가는 날이 아니라는 걸. 선수들이 다 모이자 감독은 자리에서 일어나면서 말했다.

"너희들, 아이스하키는 개인 운동인가, 집단 운동인가?"

"네. 지, 집단 운동입니다."

주장인 명식이가 대표로 대답했다. 잠시 침묵이 흘렀다. 무슨 말이 나올지 기다리는 선수들은 몸이 오그라들 것만 같았다.

"그런데 집단 운동에서 패스를 안 하면 그게 우리 편이야, 적이야?"

그 말에 영광은 이미 숙였던 고개가 더 내려갔다.

"너희들, 지난번에는 덕신고한테 지고, 오늘은 우리 조에서 제일 전력이 약하다는 서사고한테 간신히 이겼어. 이거 정신 상태가 제대로 박힌 거야? 응?"

감독은 아까의 경기만 생각하면 분이 치솟는지 옆에 있는 걸상을 걷어찼다. 요란한 소리와 함께 걸상은 저만치 나뒹굴었다. 영광은 이 사태의 모든 원인을 자신이 제공했음을 알기에 등골에서 식은땀이 흘렀다. 자신 때문에 아이스하키 팀원 전체가 모두 벌을 받게 된 것이다.

"안 되겠어. 다들 엎드려뻗쳐!"

감독은 군말 없이 바로 본론으로 들어갔다. 아이스하키팀의 체벌은 학교의 어느 운동부보다도 혹독했다. 무엇보다도 스틱이 폭력의 도구로 쓰이기 때문이었다. 스틱은 대개 목재이지만, 알루미늄이나 플라스틱과 같은 승인받은 재질로 만들어지기도 한다. 어느 부분에든지 유색의 무형광 접착테이프를 감는 것이 허용되는 스틱은 163센티미터 이상의 길이에 폭은 3센티미터, 두께는 2.5센티미터이다. 블레이드를 제거하기만 하면 자루만 남아 절대 부러지지 않는 훌륭한 흉기가 된다. 얇은 나무 널을 직각으로 엇갈리게 여러 번 겹쳐 압축해 놓았기 때문에 아이스하키 스틱은 단단하기가 강철 못지않았다.

그날, 그 방에서는 아이스하키 팀원들의 엉덩이를 때리는 둔탁한 소리가 난무했다. 붕붕 소리를 내며 스틱은 허공에서 춤을 추었고, 꼼짝없이 엉덩이를 맞아야 하는 선수들은 이를 악물고 무릎을 꿇거나 엉덩이를 비틀었다. 무자비한 폭력이 아직도 성장 중인 아이들의 자존감을 무참히 짓밟았다. 어느 정도 체벌이 진행되자, 자신의 잘못을 뉘우치거나 잘해야겠다는 각오는 다 사라졌다. 혹독한 고통 속에서 남는 것은 동물적인 증오와 두려움뿐이었다.

어떻게 해서든 고통을 줄이고 싶은 마음에 아이들은 나뒹굴거나 최대한 엉덩이를 움직여 스틱의 예봉을 피하려 했다.

"피해? 이 자식이!"

감독과 코치는 그럴수록 더 무자비하게 아이들을 두들겨 팼다. 정신을 차리게 한다는 일념하에 자행되는 체벌은 폭력의 다른 이름이었다. 한참을 분이 풀릴 때까지 때린 끝에, 감독과 코치는 아이스하키 스틱을 아무렇게나 집어 던졌다.

"너희들 다음 시합도 이따위로 하면 죽는다. 알겠나?"

"네."

"그리고 사내새끼들이 집에 가서 맞은 거 이르고 그러면 알지?"

"네!"

아이들은 목이 터져라 대답을 했다. 아이들의 얼굴은 눈물과 콧물, 땀으로 범벅이 되어 있었다. 영광이 역시 엉덩이에서 느껴지는 찢어지는 고통에 얼굴을 찌푸렸다.

그러나 아무도 집에 가서 이 사실을 알리지 않을 거라는 사실을 영광은 알았다. 어려서부터 운동만 하고 자란 아이들이 코치나 감독에게 맞은 사실을 남에게 알려 그들의 심기를 거스른다는 건 상상도 할 수 없는 일이었기 때문이다. 운동부 아이들은 그렇게 자의식이 없는 상태로 운동 기능만 향상시키도록 키워지곤 했다. 그것은 학원 스포츠의 어두운 단면이었다.

"나가서 운동장 열 바퀴."

아직 체벌은 끝나지 않았다. 선수들은 하도 맞아 감각이 없어진 엉덩이를 이끌고 운동장을 열 바퀴 더 뛰어야 했다.

선수들이 운동장으로 나갈 때, 감독과 코치는 영광과 영진이를 불렀다.

"너희 둘은 남아."

가슴이 덜컹 내려앉는 영광이었다. 영진의 얼굴도 사색이 됐다. 아이들이 운동장으로 나가서 뛰기 시작하자, 감독은 두 아이 앞에 서서 물었다.

"너희들은 왜 싸운 거야? 말해 봐."

"싸우지 않았습니다."

대가 약한 영진이가 먼저 말했다.

"그러면?"

"아, 아무것도……."

"아무것도 아냐? 내가 다 봤는데, 이 자식이!"

감독의 솥뚜껑 같은 손이 영진이의 볼때기로 벼락처럼 날아갔다. 우당탕 소리를 내며 영진이는 저만치 나뒹굴었다. 비틀거리며 일어나는데 코에서는 붉은 피가 주르륵 흘러내렸다. 손등으로 피를 쓱 문지르고 영진이는 다시 제자리로 돌아와 섰다.

"영광이 너는 무슨 일이야?"

이제 영광의 차례였다. 감독은 당장 잡아먹을 것처럼 으르렁대며 물었다.

"전 모릅니다."

"몰라? 이 자식이, 왜 몰라?"

감독이 뺨을 때리자 영광의 눈에서 불꽃이 튀었다. 어찌나 위력이 강력했는지 덩치 큰 영광도 모로 쓰러질 정도였다. 자라면서 부모님한테조차 거의 맞아 본 적 없는 영광으로서는 이런 경험이 낯설기만 했다. 어쨌든 용수철이 튀듯 벌떡 일어나 다시 제자리에 섰다.

"코치가 그러는데, 너희들 그러는 거 계집애 때문이라며?"
"아, 아닙니다."

가슴이 덜컹 내려앉은 영광은 벌떡 일어나며 말했다. 하지만 이미 감독은 눈치를 챈 상태였다.

"운동하는 놈들이 벌써 까져 가지고. 너희들은 좀 더 손을 봐야겠다."

감독은 바닥에 나뒹굴던 스틱을 다시 손에 쥐었다. 양손에 침을 퉤퉤 뱉으며 어깨 위로 스틱을 둘러멨다.

그날 영광은 주성이의 부축을 받으며 집으로 돌아와야 했다.
"영광아, 괜찮니?"
"으으. 못 걷겠어."
"약 잘 바르면 곧 나을 거야."
영광은 다른 아이들의 반응이 궁금했다.
"형들이랑 애들한테 미안하다. 뭐라냐?"
"……."
수다스러운 주성이도 말이 없었다. 안 봐도 뻔했다. 영광과 영진이의 갈등 때문에 자신들이 단체로 구타를 당했다고 생각하고 있을 게 뻔했다.

"야, 나는 정말 억울해. 내가 뭘 잘못했냐? 그 자식 때문에……."

"영광아, 그냥 가만있어. 아무튼 형들은 너희들 나중에 가만 안 둘 기세야."

어쨌든 원인 제공을 해서 팀원들에게 피해를 준 건 사실이었다. 영광은 미안하고 억울한 마음에 눈물이 다 나려고 했다.

"그 새끼 정말……."

영진이에 대한 증오가 더욱 강하게 불타올랐다.

다행히 다음 시합은 사흘 뒤로 잡혀 있어서 이틀간 쉬면서 맞은 자리를 치료하면 될 것 같았다. 영광의 집에 온 주성이는 약 상자에서 연고를 꺼내 엉덩이에 발라 주었다.

"와아, 무지하게 맞았구나."

엉덩이뿐만 아니라 얼굴도 퉁퉁 부어 있었다.

"미안하다, 영광아. 주리 때문에……."

주성이는 모든 사태를 짐작하고 있었다. 주리를 만나게 된 게 마치 자기 잘못인 양 사과하는 주성이었다.

"미안하긴 임마. 주리가 무슨 잘못이냐? 너도 아무 잘못 없어."

영광은 주리의 얼굴을 떠올리며 고개를 떨궜다.

9. 주리와의 만남

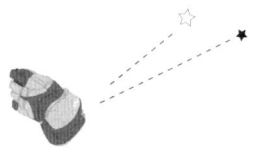

　영광과 주리, 그리고 영진이와의 첫 만남은 올봄 어느 토요일에 이루어졌다. 아이스하키 연습은 토요일 오전에도 변함없이 있었다. 성가고는 성운대학교 아이스링크를 오전 9시부터 10시까지 쓰도록 되어 있었다. 7시에 링크에 도착한 영광은 개인적으로 로드워크를 한 뒤, 8시가 되자 팀원들과 함께 단체로 몸풀기 운동을 했다. 그리고 9시부터 한 시간 동안 링크 위에서 실전 연습을 했다.

　올해 성가고에 진학한 영광은 1학년이었지만 이미 고등학교 3학년 정도의 덩치였다. 얼마나 키가 더 클지 궁금했던 아버지는 영광을 데리고 정형외과에 가서 엑스레이까지 찍어 보았다.

　"성장판이 아직 열려 있어서 185센티미터 정도까지는 크겠는데요."

의사가 예측해 주었다. 아버지는 내심 안심이 되면서도 아쉬웠다. 190센티미터 정도만 되면 NHL*에서도 부족함이 없을 체격인데, 약간 못 미치는 게 마음에 걸렸다. 하지만 그 정도라도 클 수 있다는 건 다행이었다.

"아들, 많이 커라."

"네, 아빠. 성장판을 계속 자극하면 더 클 수 있다잖아요."

그 어떤 일을 할 때보다 아이스하키를 할 때 영광은 즐겁고 기분이 좋았다. 싫증나지 않고 끝까지 할 수 있는 것은 이 세상에서 아이스하키밖에 없었다. 행복해지는 비결은 자신이 좋아하는 일을 하는 것이 아니라, 자신이 하는 일을 좋아하는 것이다. 그런데 영광은 좋아하는 아이스하키를 하고 있었다. 아이스하키를 위해 하는 노력 하나하나가 다 기쁘고 즐거울 수밖에 없었다.

아버지는 토요일마다 영광을 따라와 연습하는 걸 구경하곤 했다. 그런데 예전 같았으면 다른 부모들과 함께 운동을 구경했을 아버지가 오늘따라 영광을 내려 주자마자 차를 몰고 어딘

---

* National Hockey League, 미국과 캐나다가 결성한 프로 아이스하키 리그로 북미 4대 스포츠로 꼽히고 있는 인기 프로 스포츠 리그다. 현재 30개 팀으로 구성되어 있으며, 매년 9월 하순 개막해서 이듬해 4월부터는 플레이오프에 돌입하여 6월에 열리는 스탠리컵 결승에서 우승팀을 가린다.

가로 급하게 갔다.

"너희 아버지 요즘은 왜 운동 참관 안 하시니?"

일찍 온 철중이 아버지가 물었다. 철중이 아버지는 성가고 아이스하키 부모회 회장이기도 했다.

"저희 아빠 회사 관두셨어요."

"뭐? 회사를?"

아버지는 젊어서 취직한 중소 건설 회사에서 부장이 될 때까지 오래 근무했다. 그러다 최근에 사표를 던지고 나왔던 것이다.

"네. 요즘 사업하세요."

"무슨 사업 하시는데?"

"아빠 회사 거래처랑 관련된 일이라고 하셨는데, 자세히는 모르겠는데요."

"그래?"

새로운 소식을 들은 철중이 아버지는 즉시 전화를 걸었다.

"영광이 아버지, 회사를 관두셨다는 게 무슨 말씀이세요?"

"아, 우리 아들 녀석이 말했군요. 하핫, 월급쟁이 신세로는 영광이 뒷바라지하기가 어려워서, 사표 내고 거래처 대리점 하나 맡았어요."

"그렇군요. 그래서 토요일도 바쁘신 거군요. 그런데 무슨 대리점이신데요?"

"건설 자재 대리점이에요. 대리점만 잘 운영하면 월급쟁이 때 받던 것보단 많이 벌 수 있다니까 그걸로 영광이 뒷바라지해야죠."

"고생이 많습니다. 아들 녀석 키우느라고."

"피차일반이죠, 뭐."

철중이 아버지도 그 마음을 잘 이해할 수 있었다. 운동하는 아이 뒷바라지하는 게 결코 쉬운 일이 아니라는 걸 그 역시 실감하고 있었던 것이다. 대한민국 사회에서 자녀들 교육은 대개 부모의 부담으로 떨어지는 법이다. 운동도 예외일 수는 없다. 열심히 운동한 아들이 세계적인 대회에 나가 입상을 하고 조국에 영광을 바치는 것이 모든 운동하는 자녀를 둔 부모들의 꿈이기도 했다.

"으이그, 그냥 운동 잘해서 대학이나 들어가면 좋겠어."

"빨리 커서 제 앞가림이나 하면 얼마나 좋아?"

부모들은 링크 주변에 모여 앉아 양육에 대한 고민을 늘어놓았다. 어찌 보면 자식이란 이처럼 이중적인 존재였다. 부모들의 책임이니 온갖 희생을 무릅쓰고 자식 교육에 의무를 다해야 하면서도, 또한 자립할 수 있는 능력을 길러 주어야 하고, 어느 정도 자라면 내보내서 스스로 살게 해야 하니 말이다.

전화 통화를 마친 뒤 철중이 아버지는 영광에게 격려의 말을 했다.

"영광아, 아버지가 너 때문에 더 고생하신다. 휴일도 없으시구나. 열심히 해."

"네, 아저씨. 저도 잘 알고 있어요."

영광도 아버지가 무리한다는 사실을 모를 리 없었다. 그래서 불평불만 없이 더욱 열심히 연습에 임하는 것이었다.

9시가 되고 링크가 비자 성가고 선수들이 훈련 준비를 했다. 아이들은 모두 스케이트를 신고 유니폼을 갖춘 뒤 전술연습을 시작했다. 코치는 곧 다가올 대회 준비를 위해 요즘 들어 거의 매일 강도 높은 훈련을 시켰다.

"훈련을 연습같이, 연습을 훈련같이 해야 한다. 알았나?"

"네!"

"자, 번갈아서 이쪽에서 저쪽까지 왕복한다. 실시!"

훈련은 중학생과 고등학생이 함께 어울려 했지만 연습 경기는 따로 하게 되어 있었다. 기량이나 체격 등에서 워낙에 차이가 크게 나 부상의 위험도 있었기 때문이다. 하지만 골리로 불리는 골텐더들은 중학교와 고등학교 선수를 다 합쳐 봐야 네 명밖에 안 됐기 때문에 중고등학교가 같이 섞여서 따로 골텐더 코치에게 훈련을 받았다.

땀 흘리며 열심히 훈련하다 보니 훈련 시간 중 절반이 순식간에 지나갔다. 영광이 얼음 위를 누비며 숨을 몰아쉬고 있을 때였다. 갑자기 링크 바깥이 소란스러워졌다.

"뭐야?"

밖을 내다보니 인근 여자 고등학교에서 특별활동을 하러 학생들이 몰려오고 있었다. 특별활동 시간에 스케이트 반을 선택한 아이들은 이렇게 링크에 와서 매주 한 시간씩 스케이트 강습을 받았다. 여러 명의 여학생이 관중석으로 쏟아져 들어오자 갑자기 링크 안의 분위기가 밝아졌다. 여학생들이 스케이트를 갈아 신고 링크 안에 들어오려 기다리고 있는 것을 본 성가고 아이들은 갑자기 어깨에 힘이 들어갔다.

"어디 애들이냐?"

"미성 여고 애들이래."

영광은 연습하던 아이들이 수군대는 소리에 신경도 쓰지 않았다.

하지만 링크 스탠드에 앉아 있는 한 여자아이가 처음부터 영광이를 쭉 지켜보고 있었다. 해맑은 얼굴을 가진 소녀였다.

"얘, 주리야. 너 왜 스케이트 안 갈아 신었어?"

단발머리 주근깨 여자아이가 다가와 물었다.

"미주구나. 갈아 신어야지."

주리는 미주의 말을 듣고서야 제정신이 돌아온 듯 가져온 피겨용 스케이트를 신었다.

"미국에도 이런 특별활동 있니?"

"미국엔 없어. 그냥 가고 싶을 때 개인적으로 아무 때나 가."

미국에서 살다 온 주리는 성가고 아이스하키팀의 주전 선수인 주성이의 사촌 여동생이었다. 피겨스케이팅을 특별활동으로 선택해 빙상장에 왔다가 아이스하키의 매력에 푹 빠진 거였다.

"미국엔 아이스하키팀 엄청 많잖아. 리그도 엄청 발달해 있고."

"관심 많지. 한국에서도 아이스하키 하는 줄 몰랐어."

"한국에는 미국처럼 아이스하키팀이 많진 않아. 규칙이 어려워서인가 봐."

"규칙은 별로 안 어려워. 축구는 전후반 45분씩이지만 아이스하키는 3피리어드에 20분씩이야. 그리고 경기가 너무 힘드니까 매 피리어드가 끝나면 15분간 쉬어."

"그러면 뭐 거의 뛰다가 쉬다가 하는 거네."

"맞아. 여섯 명이 뛰는데 골텐더 한 명이랑 수비수 둘, 공격수 세 명이야."

"근데 선수가 자주 교체되더라."

"운동량이 엄청나서 그래. 그래서 1분이나 2분마다 선수를 교체하지."

"와! 그렇구나. 살 빠지겠다. 후후."

미주와 재잘대는 동안에도 주리는 남성적인 매력을 뿜으며 뛰어다니고 있는 아이스하키 선수들을 유심히 살펴보았다. 그

중에서도 맨 뒤에서 묵묵하게 자리를 지키며 퍽을 자유자재로 원하는 곳으로 보내는 영광이 제일 눈에 띄었다.

"쟤 잘한다. 22번."

"쟤 대학생 아니야?"

"몰라. 고등학생 같은데?"

주리는 자기가 피겨스케이트 타러 왔다는 사실도 잊어버린 채 연습 중인 영광에게서 눈을 떼지 못했다.

이윽고 연습 시간이 끝나자 선수들이 밖으로 쏟아져 나왔다. 잠보니가 들어와 얼음을 정비하는 동안 주리는 아이스하키 선수들에게 다가갔다.

"야!"

주리의 부름에 주성이가 고개를 돌려 주리를 바라보더니 인상을 썼다.

"넌 오빠한테 '야'가 뭐야?"

"뭐라고 불러야 하나?"

"오빠라고 불러야지."

"두 달밖에 차이 안 나는데 뭐가 오빠야."

"이게 그냥……."

주성이가 웃으면서 꿀밤을 때리는 척했지만 주리는 아랑곳하지 않고 아이스하키 선수들에게 눈길 주기 바빴다. 여학생이 다가와 아는 체를 하자 아이들은 일제히 고개를 돌려 주성이를 보았다. 주리는 주위 여자아이들과 비교해 보아도 눈에 띄게 귀여웠다. 빨간 후드 티에 노란 바지는 원색적이어서 일단 주변의 시선을 압도했다. 게다가 포니테일로 질끈 묶은 머리 모양 때문에 성숙미마저 풍겼다.

"피겨 타겠다더니 특별활동 하러 왔냐?"

주성이는 주리의 발에 스케이트가 신겨져 있는 것을 보고 물었다.

"응. 와! 아이스하키 선수라더니 정말이네."

"그럼 내가 너한테 거짓말을 하겠냐?"

두 아이가 객쩍은 이야기 나누는 걸 힐끗 본 영광은 라커룸으로 들어갔다.

"야, 나도 빨리 들어가야 해. 잘하고 가라."

주성이는 그렇게 말하고 영광을 따라 라커룸으로 들어 왔다.

"아까 그 애 누구냐?"

영광이 주성이에게 물었다. 안 보는 것 같아도 자동으로 이성에게 시선이 가는 것이 사춘기의 남녀였다.

"응. 누구? 그 여자애? 음 사촌 여동생인데 나이는 나하고 동갑이야."

"어떤 애냐?"

"미국에서 살다가 왔지."

"그럼 영어 잘하겠네."

"영어? 잘하느냐고? 뭐 당연하지. 왜냐? 작은 아빠가 미국에 이민 갔다가 살기가 어렵다고 한국으로 오면서 같이 데리고 왔거든."

"그랬구나. 어쩐지 말하는데 발음이 좀 꼬인다 했다."

연습이 끝나자 선수들은 밖으로 나와 몸을 풀었다.

"자, 체육관 열 바퀴 돈다. 실시!"

코치는 늦게 오는 학생은 더 많이 뛰게 했다. 영광은 이왕 뛸 거 빨리 끝내고 쉬려고 최선을 다해 뛰었다.

몸을 푸는 과정에서도 아이들의 개성이 드러났다. 꾀를 부리고 농땡이 치는 형들은 미적거리다 코치에게 걸려 결국은 한두 바퀴 더 돌곤 했다. 반면 성실한 아이들은 얼른 끝내고 장비를 챙겨 서둘러 집으로 갔다.

연습이 끝나면 언제나 시간 맞춰 왔던 아버지가 오늘은 바쁘니 혼자 가라고 전화를 했다. 마무리 운동을 마친 뒤 영광은 주성이와 함께 다시 링크로 들어갔다. 주리가 스케이트 타는 걸 보러 가는 거였다.

링크 한가득 여학생들이 스케이트를 타고 있었다. 스케이트 실력이 서툴러 넘어지는 아이도 있었고, 어설프게나마 제법 스핀을 하는 아이도 있어 각양각색이었다. 아이들이 재잘대는 소리 때문에 링크 안은 콩 볶듯 시끄러웠다. 한참 뒤 찾아낸 주리는 꽤나 능숙하게 회전을 하고 있었다. 대부분의 아이들이 링크에서 빌린 스케이트를 타는 반면, 주리는 개인 스케이트를 가져와 타고 있었다.

주리는 스케이트를 꽤 잘 타는 편이었다. 턴과 점프도 제법 하고 망설임 없이 얼음을 지쳤다. 영광은 물끄러미 주리를 바라보았다. 공부에 찌든 한국 애들과 달리 주리는 발랄하고 환한 얼굴이 남달라 보였다. 링크를 한 바퀴 돌고 온 주리가 말했다.

"끝나고 집에 가는 거야?"

"응. 궁금해? 이따 오후에 학교 가서 운동해야 해."

주성이가 말했다.

"점심은?"

"점심은 누구랑 먹냐? 친구랑 같이 먹지."

"나 아빠한테 용돈 받았어. 이따 같이 먹자. 떡볶이 사 줄게."

주리가 주성이에게 부탁하는 어조로 말했다.

"야, 영광아. 어떻게 할래? 쟤가 같이 먹자는데."

감히 먼저 먹자고는 못 해도 같이 가자는데 마다할 일은 없었다. 마지못한 척 고개를 끄덕이는 영광을 보고 주성이가 호기롭게 말했다.

"알았으니까 빨리 끝내. 왜냐고? 이 오빠가 스케이트 타는 거 보면서 기다려 줄 거니까."

곱게 눈을 흘기며 주리는 다시 링크 한가운데로 나갔다. 영광은 엷은 미소를 지으며 주리를 바라보았다. 영광도 날렵하게 스케이트를 타는 주리가 싫지 않았다.

그날 세 아이는 백화점 지하 식당가에 가서 떡볶이와 튀김을 배가 부르게 먹었다.

10. 양심

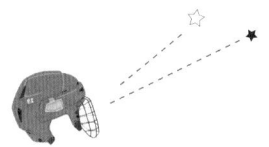

주리를 만난 다음 주 토요일이었다. 학생들은 모두 학교에 가지 않고 쉬지만 아이스하키팀은 오늘도 훈련을 했다. 곧 추계 아이스하키 대회가 있기 때문이었다.

평소와 다름없이 영광은 아침 일찍 개인 운동을 하고 링크로 갔다. 라커룸에 들어가 옷을 벗은 뒤 운동복으로 갈아입고 숄더와 패드 등을 착용하고 나왔을 때였다. 링크 입구에서 주리가 영진이와 이야기를 나누고 있었다.

"어, 영광아!"

주리가 영광을 보자 반색을 했다.

"어쩐 일이야?"

난데없이 나타난 주리를 보고 영광은 많이 놀랐다.

"응. 너희 연습하는 거 구경하려고."

"그래?"

"응. 조금 있다가 미주도 온다고 했어."

영광은 일주일 전에 주리, 주성이와 함께 백화점 지하 식품 코너에 가서 떡볶이와 튀김을 먹은 일이 떠올랐다. 구경하러 왔다는데 말릴 이유는 없었다. 하지만 주리가 영진이와 안다는 건 의외였다. 스케이트를 신은 채로 저벅저벅 링크로 내려가는데 주리가 따라 내려왔다.

"그거 신고도 잘 걷네."

선수들이 따라 내려오며 주리를 힐끗힐끗 쳐다보았다. 한 선배가 지나가며 말했다.

"짜식, 벌써 여자 친구 생겼어?"

"아니에요, 주성이 동생이에요."

"그래?"

이윽고 링크에 들어서자 서늘한 기운이 온몸을 감쌌다. 영광은 들어가자마자 힘차게 얼음을 지쳤다. 많은 돈을 내고 링크를 빌려 간신히 연습하는 거였기 때문에 일분일초가 돈이었다. 시간 낭비 없이 연습해야 했다. 감독과 코치도 이걸 잘 알고 있었다.

"자, 빨리빨리 움직여!"

감독과 코치의 지시로 선수들은 쉴 틈 없이 돌아야 했다. 한창 바쁘게 연습을 하고 잠시 숨을 헐떡이며 쉬고 있을 때였다.

영진이가 헉헉거리며 곁으로 다가와 말했다.

"영광아, 그 여자애 누구냐? 아까 너 찾아온 애."

"주성이 동생이잖아."

"아까 와서 널 찾더라고. 그래서 네 여자 친군 줄 알았어."

"여자 친구는 무슨. 지난주에 주성이가 같이 밥이나 먹자고 해서 떡볶이 한 번 같이 먹은 게 전부야."

"그래?"

영진이는 뭔가 망설이는 것 같았다.

"왜?"

"아, 아, 아냐, 그냥."

영진이는 돌아서 저만치 갔다가 뭔가 할 말이 남은 것처럼 다시 돌아왔다.

"네 여자 친구 아니면 내가 한번 사귀어 볼까 해서, 주성이한테 물어보려고."

"그, 그래?"

"전에 문준이 녀석이 오토바이로 놀라게 해서 내가 그 새끼랑 붙을 뻔했어. 주리가 엉덩방아 찧는 거 봤거든."

의외의 말에 영광은 살짝 당황했다. 애정과 질투만큼 사람을 흔드는 감정은 없다. 둘 다 뜨거운 정열을 품게 해 순식간에 불처럼 일어나기 때문에 마음을 흔드는 정도가 더했다. 영광은 마음 같아선 그러지 말라 하고 싶었지만, 자신은 권리를 주장

할 처지가 아니었다.

영광이 어정쩡한 태도를 보일 때였다. 코치가 호각을 불어서 선수들은 다시 링크 위로 뛰어나갔다. 연습하는 동안 영광은 간간이 링크 바깥에서 미주와 함께 수다를 떨며 구경하는 주리를 바라보았다. 조금 전까지만 해도 주리에게 아무런 감정이 없었는데, 영진이가 관심 있다고 하자 갑자기 묘한 느낌이 생겼다. 비록 만난 지는 얼마 되지 않았지만, 주리가 영진이와 사귀는 사이가 되어 손을 잡고 함께 여기저기 다닐 것을 생각하니 결코 기분이 유쾌하지 않았다.

연습을 다 끝내고 난 뒤 샤워실에서 영광은 영진이에게 말했다.

"영진아. 아까 그 여자애 있잖아."

"응, 주리라며?"

"걔랑은 내가 사귈 거거든? 그러니까 넌 좀 빠져 주라."

"아니, 너 걔랑 만난 지 얼마 안 됐다며?"

"그건 그런데, 내가 좀 사귀려고."

"……."

영진이는 더 이상 말이 없었다. 조용히 샴푸의 거품을 물로 씻어 낼 뿐이었다. 영광은 그걸로 모든 문제가 끝났다고 생각했다. 샤워를 마치고 바깥으로 나오자 주리와 미주가 기다리고 있었다.

"너희 둘이 친해?"

"그럼! 너희도 단짝 아니야?"

뒤이어 샤워실에서 나온 주성이를 보며 두 아이가 까르르 웃었다.

"우리 오늘 놀이공원 가자, 놀이공원."

주성이가 신나서 떠들었다.

"놀이공원? 어디?"

"우리가 다 알아 놨어. 따라오기만 해."

두 여자아이는 발랄하게 앞장서서 갔다. 주성이와 영광은 오후 연습도 없었기에 급할 것 없이 뒤를 따라갔다.

하지만 그들은 몰랐다. 빙상장 이 층 관중석에서 영진이가 아랫입술을 깨물며 자신들을 내려다보고 있다는 사실을.

"뭐 보냐?"

누군가 툭 쳐서 영진은 고개를 돌렸다. 은석이 그곳에 서 있었다.

"아니 뭐."

"영화나 보러 가자."

영진은 얼결에 고개를 끄덕였다. 하지만 마음은 온통 주리와 영광에게 가 있었다.

"쟤네 친하네."

은석이 무심히 영광과 주리가 멀어져 가는 걸 보며 말했다.

"으, 응."

영진의 표정을 살핀 은석이 눈치를 채고 말했다.

"너 주리랑 영광이 친해서 그러지?"

"아, 아냐."

"아니긴 뭐가 아냐. 얼굴에 딱 쓰여 있는데."

"자식아, 그런 거 아니라고."

"야, 내가 읽은 책에 사랑은 쟁취하는 거래. 그리고 사랑은 움직이는 거래. 골키퍼 있다고 골이 안 들어가냐? 열 번 찍어 안 넘어가는 나무 없어."

"쓸데없는 소리 고만해."

둘은 영화를 보러 가기 위해 발걸음을 옮겼다. 하지만 영진이의 뇌리에는 은석이가 한 이야기가 계속 쟁쟁거렸다.

II. 97.5퍼센트의 희생

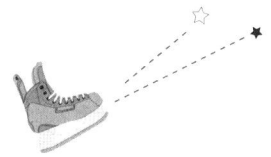

 감독에게 추가로 더 얻어맞은 영광을 데려다 준 주성이는 자기 집으로 돌아갔다. 영광은 맞은 엉덩이가 행여 바닥에 닿을세라 엎드린 채로 침대 위에서 깜빡 잠이 들었다. 영광은 꿈속에서 가위에 눌렸다. 눈을 뜨니 누군가가 영광의 가슴 위에 올라타 숨을 못 쉬게 사지를 누르고 있었다. 천장을 가릴 정도로 커다랗고 시커먼 괴물이었다. 영광은 일어나기 위해 발버둥을 쳐보려 했지만 온몸의 근육 가운데 어느 하나 꼼짝도 할 수가 없었다. 눈을 부릅뜨고 괴물의 얼굴을 보려 했지만 검은 실루엣만 보였다. 나오지 않는 목소리를 내기 위해 목에 핏대를 세우며 안간힘을 썼다.
 "으…… 으…… 으악!"
 어느 순간 목에서 비명이 터져 나왔다. 그러자 비로소 방 안의 사물이 제대로 보였다. 사지가 자유롭게 풀려났다고 생각한 순간 어머니의 목소리가 들려왔다.

"영광아, 꿈꿨니?"

"어, 엄마!"

그날따라 어머니는 집에 일찍 왔다. 검은 실루엣은 괴물이 아니라 어머니였다. 가위눌림은 이렇게 주위 사물을 전혀 다르게 느끼게 했지만 깨고 나면 어이없게도 별거 아닌 경우가 많다.

"엄마 왔어?"

"초저녁부터 무슨 꿈을 그렇게 꿔?"

"가위눌렸어."

"어머, 너도 가위에 다 눌려? 벽에 고개만 닿아도 자는 애가? 호호!"

어머니는 어이없다는 듯 웃었다.

"나도 처음이야."

"그래. 가위눌리는 거 보니까 네가 요즘 쇠약한 모양이다. 과로나 스트레스가 있으면 악몽을 꾸거든. 아 그리고 이거, 경비실에서 택배 왔다고 주더라. 너 책도 읽니? 신기하다."

어머니가 건넨 건 온라인 서점에 주문한 책《지금 고민한 만큼 너는 단단해질 것이다》였다.

"응. 읽어보려고."

어머니는 머리맡에 택배 상자를 내려놓았다. 뜯어보려고 박스를 들고 상체를 일으킨 순간이었다. 영광은 어머니의 놀란 얼굴을 보고 흠칫했다.

"엄마, 왜 그래?"

"어머, 영광아! 너 얼굴이 이게 뭐야?"

어머니는 눈동자를 마구 돌리며 영광의 얼굴 여기저기를 살폈다.

"그, 그게……."

얼굴을 가리려다 그만 엉덩이의 통증이 온몸을 강타했다.

"으으……."

"왜 그래? 무슨 일이야?"

어머니는 성큼 다가와 영광의 바지를 까 내렸다.

"아이, 엄마!"

"어머, 이 엉덩이도 좀 봐!"

어머니한테 드러내고 싶지 않은 상처였기에 영광은 당황했다. 아랑곳하지 않고 두 손으로 영광의 얼굴을 감싸 쥐고 밝은 불빛 아래 비춰 보더니 어머니는 더더욱 질겁했다.

"어머머! 너 누구한테 맞았니? 어머, 이게 무슨 일이야?"

급기야 바지까지 까 본 어머니는 아예 펄쩍펄쩍 뛰었다.

"아, 아냐, 별거 아냐. 경기 열심히 안 했다고 좀 혼났어."

"뭐? 누가? 누가 이랬어? 너희 감독이? 어머, 세상에……."

머뭇거리던 영광은 어머니의 채근에 마지못해 자초지종을 설명했다. 이야기하는 동안에도 어머니의 눈은 영광의 상처 하나하나를 살피고 있었다.

"아니, 그래도 그렇지. 시합하다가 질 수도 있고 이길 수도 있는 거지. 애를 이렇게 패? 이 엉덩이 터진 것 좀 봐. 세상에."

어머니는 어쩔 줄 몰라 했다. 아들의 상처에 큰 충격을 받은 것이다.

"내가 이러고 있을 때가 아니지. 이것들을 가만두나 봐."

어머니는 증거를 남긴다며 휴대전화 카메라로 영광의 엉덩이와 허벅지, 그리고 얼굴까지 사진을 여러 장 찍었다. 그리고는 덜덜 떨리는 손으로 아버지한테 전화했다.

"여보, 빨리 들어와! 당신 때문에 우리 아들 지금 다 죽게 생겼어! 빨리 들어오라고!"

아버지는 30분 만에 집에 왔다. 전화 받을 때 이미 퇴근하는 중이었던 것이다. 두들겨 맞아 엉덩이가 부어오른 영광을 보자 아버지는 말없이 담배부터 뽑아 물었다.

"이게 뭐야! 이게 지금 운동을 하는 거야, 사람을 잡는 거야? 당신, 말 좀 해 보라고."

착잡한 표정으로 상처를 살피던 아버지는 한참 만에 입을 열었다.

"여보, 운동하다 보면 그럴 수 있는 거야. 말 안 들으면 선생한테 맞기도 하고 그래. 감독하고 코치가 어련히 알아서 했겠어."

"때려 가면서 애를 운동시킨단 말이야? 난 그건 못 참아. 가만 안 둘 거야. 당장 교장한테 전화해서 따질 거야."

"아, 여보, 글쎄 놔두라니까. 단체로 기합 받았다잖아."

아버지는 영광과 영진이와의 관계를 몰랐기 때문에, 단순히 시합 결과가 안 좋아 감독이 정신을 차리라는 뜻에서 선수들을 때렸다고 생각했다.

"아니, 이게 뭐냐고, 이게! 남의 집 귀한 아들을. 내가 애초부터 운동하는 거 싫다고 그랬잖아. 영광이는 공부해도 얼마든지 잘할 수 있는 애였어. 근데 운동시켜서 이게 무슨 꼴이야. 이런 야만적인 일이나 당하고. 용서할 수 없어. 못 참아."

"못 참긴 뭘 못 참아. 다들 이렇게 맞으면서 크는 거야. 가끔은 이런 것도 이겨내야 사람이 되는 거라고. 나도 군대 갔을 때 엄청 맞았어. 남자들은 다 그런 거야."

"운동이 뭐 군대야? 이겨내서 얻는 게 뭔데? 요즘엔 군대에서도 때리지 않는대. 나도 영광이가 걱정돼서 다 알아봤어. 우리 회사에 운동선수 하다가 부상 때문에 대학교 때부터 공부해서 교사가 된 사람이 있어. 내가 그 사람한테 물어봤거든? 정말 운동 그거 시킬 게 아니더라고."

"또 무슨 루저의 말을 듣고 와서 그래?"

"루저라니? 그 사람 학생 때 잘 나가는 농구 선수였대. 그런데도 결국 선수로 성공하지 못하니까 직업전선에 뛰어든 거라고."

어머니가 안다는 그 학습지 교사는 어려서부터 농구에 소질을 보였다. 초등학교 3학년 때부터 농구를 시작해 실력 하나로 명문 대학교에 진학했다. 그야말로 장밋빛 미래만이 기다리고 있었다. 연예인이나 사회 유명인과 어울리며 고소득의 프로 선수가 되는 게 바로 손에 잡힐 것만 같았다.

하지만 부상이 발목을 잡았다. 부상을 당하면서 인생의 시나리오는 예상치 않은 방향으로 흐르기 시작했다.

"발목 다친 뒤로도 계속 운동을 해서 무릎이 나갔고, 무릎이 나간 뒤에도 참고 뛰어서 허리 디스크가 왔대. 재활 치료를 몇 달간 하고 돌아가니 아무도 주전으로 써 주지 않더래. 그래서 선수 생활을 접었대. 그런 불확실한 분야로 우리 아들을 내보내기 싫어. 게다가 아이스하키는 농구나 배구처럼 인기 종목도 아니고······."

"그런 게 두려우면 회사 잘릴까 봐 아예 취직도 말아야겠네?"

"회사하고 운동이 같아? 같냐고? 그래도 회사는 자기가 일한 만큼 보수라도 받잖아."

부모님의 싸움은 계속 이어졌다. 어머니는 학습지 교사답

게 수치까지 들어가며 운동을 반대했다. 고등학생 선수가 대학 진학에 성공하는 경우는 7.5퍼센트에 불과하고 대학교 3학년까지 운동을 할 수 있는 건 고작 2.5퍼센트뿐이라는 거였다. 나머지 97.5퍼센트의 선수들은 결국 그들을 위해 희생하는 존재라고 했다.

"나도 다 알아. 하지만 우리 아들은 당신이 말하는 2.5퍼센트에 들어가면 되잖아."

"그러다 실패하면 당신이 책임질 거야? 아들 인생 책임질 거냐고."

"하다 안 되면 공부를 하든가 다른 길을 찾을 수도 있잖아. 그게 인생 아냐?"

"공부? 흥. 중학교만 가도 거의 수업도 안 듣는 운동선수가 무슨 공부? 고등학교에선 아예 교실에도 안 들어가는데……."

어머니는 학원 스포츠의 문제까지 들어가며 아버지의 주장을 반박했다. 듣고 있으려니 불안하고 두려운 인생의 시나리오에 영광은 치를 떨어야만 했다. 어떻게 시작한 아이스하키던가. 영광은 문득 몇 년 전 아이스하키를 시작하던 시절을 떠올렸다.

12. 아이스하키와의 만남

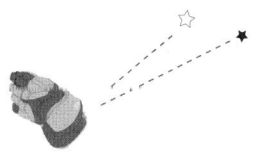

운전대를 잡은 아버지는 오른쪽 깜빡이를 켰다. 차는 서부 간선도로를 빠져 나와 인천으로 가는 고속도로 입구로 들어섰다. 조수석에 앉은 영광은 차창 밖으로 펼쳐지는 낯선 풍경을 물끄러미 바라보았다.

"가만있자, 저기가 목동 운동장인데…… 어떻게 가지?"

고속도로로 올라서자마자 왼쪽으로 운동장임을 알려주는 조명탑이 여러 개 높이 솟아 있는 것이 보였다. 이정표를 살피던 아버지는 길을 빠져 나와 지하도를 통해 목동 운동장 입구로 들어섰다. 주차장 입구에서 표를 끊은 뒤 서행하며 운동장 주변을 살펴보았다.

목동 운동장은 체육 시설의 종합 선물세트 같았다. 축구와 육상 경기를 할 수 있는 메인 스타디움과 야구장, 실내 체육관,

빙상장까지 모두 갖춰져 있었다. 운동장 앞에 펼쳐진 넓은 공터에 자동차들이 질서정연하게 주차되어 있는 것이 보였다.

영광이 이곳 목동 운동장까지 오게 된 데에는 사연이 있었다. 어머니가 지금껏 영광이 하고 있던 축구를 당장 때려치우라고 했기 때문이다. 초등학교 5학년이던 영광은 또래보다 덩치도 크고 체력도 강했다. 어려서부터 밖에 나가 뛰어노는 것을 좋아했고, 아버지와 함께 등산을 하거나 달리기를 하는 것도 즐겼다. 그러다 보니 초등학생답지 않게 뛰어난 신체조건을 자랑했다. 그런 영광을 보며 늘 아버지는 말했다.

"우리 영광이는 운동을 시키면 참 좋겠어."

아버지도 어렸을 때 축구를 했었다. 하지만 가난한 집안 형편 때문에 계속하지 못한 것에 대해 늘 아쉬움이 남아 있어 아들의 운동 적성만큼은 꼭 키워 주고 싶었다.

영광이 운동에 소질이 있다는 것을 알자, 어머니도 운동하는 걸 크게 반대하지는 않았다. 그렇게 해서 초등학교 3학년 때 들어간 곳이 바로 차범근 축구 교실이었다. 한국의 전설적인 축구 영웅 차범근 선수가 운영하는 차범근 축구 교실은 제법 조직적인 체계를 갖추고 있었다. 한 나라의 스포츠가 발전하려면 어린 시절부터 체계적으로 기초를 다져야 한다는 것이 차범근의 축구 철학이었다. 많은 부모가 거기에 공감했고, 그만큼 대중적 인기도 좋아 축구에 재능을 보이는 많은 아이들이 가입해 구슬땀을 흘리고 있었다.

영광은 차범근 축구 교실에서 뛰었던 때의 추억을 잊을 수가 없었다. 골을 넣기 위해 이리저리 달리고 공을 찼다. 모든 게 즐겁기만 했다. 저학년 때는 몸집이 작아 덩치 큰 아이들과의 몸싸움에서 밀리는 모습을 보이긴 했지만 주변 사람들은 그런 영광을 보고 말했다.

"운동신경이 좋고 민첩해. 성장기에 충분히 키만 커 주면 더 좋은 선수가 되겠어. 몸싸움에서 안 밀릴 테니까."

코치는 그런 영광에게 또 다른 면에서 기대를 하고 있었다.

"영광이 아버님, 영광이는 머리가 좋아서 좋은 선수가 될 것 같아요."

"머리 좋은 거 하고 운동하고 무슨 상관이죠?"

"당연히 상관있죠. 머리가 좋아야 운동도 잘해요. 볼을 주더라도 그냥 옆에 있는 선수에게 패스하는 거 하고, 다른 곳으로 치고 빠져나가면서 더 좋은 위치에 있는 선수한테 패스하는 것하고는 달라요. 물론 후자가 한 단계 위죠. 요즘 창의적인 축구가 대세인 거 아시죠? 이게 다 머리 좋은 아이들이나 할 수 있는 거거든요. 박지성이 왜 축구를 잘하냐 하면 바로 축구의 흐름을 읽는 머리가 있어서거든요. 그런 면에서 영광은 잠재력이 있다고 볼 수 있습니다."

영광은 남들에게 지는 걸 싫어해 성적도 그리 나쁘지 않았다. 수업에 처지기 싫어서 독을 품고 공부를 하곤 했다. 교과 과정에 충실하기 어려우니 자연히 그럴 수밖에 없었다. 그렇지만 축구장에 가서 친구들과 공을 주고받을 때면 항상 즐거웠다. 한 번도 훈련에 빠지지 않고 시합 때마다 꼬박꼬박 출전하면서 영광은 축구의 재미에 흠뻑 빠졌다. 아버지는 아버지대로 영광을 응원하러 다니는 재미를 알게 되었다.

그러나 문제는 엉뚱한 곳에서 불거져 나왔다. 학교에서 학부모 참관수업을 할 때였다. 학부모들이 초대받아 학교에 가게 되었을 때 어머니도 힘들게 시간을 내서 참석했다. 제각각 화려하게 차려입은 학부모들이 교실 뒤에 서 있었고, 앞에서는 담임 선생님이 수업을 진행했다. 평소 애가 어떻게 공부하나 궁금했던 학부모들은 호기심 어린 눈으로 자기 아이가 수업에 집중하는지, 장난을 치거나 딴짓을 하는 건 아닌지 유심히 살폈다. 영광이 어머니도 마찬가지였다. 중간쯤에 앉은 영광을 흐뭇한 얼굴로 바라보고 있었다. 그날따라 어머니를 의식해서인지 영광이 손을 들고 열심히 질문에 대답했기 때문이다. 옆에 있던 다른 아이의 어머니가 부러운 듯 얘기했다.

"영광이는 공부도 잘하고 운동도 잘하고, 영광이 어머니는 좋으시겠어요."

"아휴, 뭘요. 그렇지만도 않아요."

그러자 어머니들이 여기저기서 아는 체를 했다. 분위기가 영광이에 대한 칭찬을 쏟아 내는 쪽으로 흘러가자 어머니는 내심 어깨가 으쓱했다. 그때 영광을 시기하는 철민이 어머니가 약간 꼬는 말투로 말했다.

"아유, 영광이는 참 건강하고 좋은데, 만날 축구한다고 햇볕에 그을려 얼굴 까만 거 봐. 저거 어떡해? 자외선 많이 쬐면 나이 들어서 안 좋은데……."

그 얘길 듣는 순간 어머니는 살짝 감정이 상했다. 하지만 대놓고 남의 아들이 얼굴이 검건 말건 무슨 상관이냐고 싸울 수도 없는 터라 크게 반응을 보이지 않으려 애썼다.

"그러게요, 아무래도 운동하니까 어쩔 수가 없네요."

그런 말이 나와서 그런지, 어머니의 눈에 영광은 해사한 다른 아이들에 비해 얼굴이 까무잡잡한 게 마치 공부는 안 하고 바깥으로만 싸돌아다니는 애로 보였다. 어머니 눈에 아들이 그렇게 보인 건 처음이었다.

집에 돌아온 뒤 아무리 무시하려 해도 분이 풀리지 않았다. 영광이 워낙 잘하니까 시기하는 말이라는 걸 알면서도, 철민이 어머니의 말에 무언가 똑부러지게 대꾸하지 못한 게 더 분했던 것이다. 결국 모든 분풀이는 애꿎은 아버지와 영광에게 쏟아졌다.

"애를 괜히 운동시켜 가지고 그냥, 완전히 농사꾼 아들 같잖아. 너, 축구 좀 안 하면 안 돼?"

그야말로 마른하늘에 날벼락이었다. 갑자기 축구를 관두라고 하자 아버지도 놀랐지만, 영광은 더욱 기겁했다.

"어, 엄마. 왜 그래요?"

"학교 갔더니 네가 얼굴이 제일 까맣더라. 들판에서 소 키우다 온 애 같아."

"아니, 여보! 운동하면 당연히 까맣게 타지. 그걸 뭐 어쩌라는 거야? 건강해 보이고 좋구먼. 내가 보기에는 하얘 가지고 창백한 거보다 백 배 나은데."

아버지가 나서서 어머니에게 의견을 냈다.

"자외선 많이 받고 그러면 나중에 늙어서 피부도 노화되고 검버섯 생긴단 말이야."

어머니는 말도 안 되는 트집을 잡았다. 그 후 어머니는 영광이 축구 교실에 가는 것을 반대하기 시작했다. 게다가 며칠 뒤, 영광이 다른 유소년 팀과 축구 경기를 하다 발목을 삐자 더 거세게 반대했다.

"아이, 그거 봐. 축구한다고 다리나 다치고……. 당장 그만두라 그래."

"아니, 당신 왜 이렇게 즉흥적으로 일을 처리하는 거야? 애가 운동하는 것도 그렇게 즉흥적으로 결정한 거야?"

아버지는 어머니를 붙잡고 진지하게 대화를 나눠 보려 했다.

"영광이도 축구를 좋아하고, 코치들한테도 인정받고 있어.

지금 축구 교실에서 기초를 다지고 있으니까 잘하면 나중에 월드컵 같은 데 출전하게 될지도 모르잖아. 우리 아들이 세계 무대에 나가 국가의 명예를 빛낼 수 있으면 좋은 거 아냐? 나는 그렇게 생각해."

"아유, 나는 영광이가 공부하는 게 더 좋지, 운동하는 거 싫어. 운동은 젊은 때 한때야. 그러다 다치기라도 하면……. 아우, 싫어, 싫어."

어머니는 그렇게 아예 대화를 차단해 버렸다. 아버지는 황당하다는 듯 대꾸했다.

"당신 왜 그래? 애 보는 앞에서……. 감정적으로 그럴 게 아니라, 영광이의 인생이 달린 문젠데 이성적으로 얘길 나눠 보자고."

"아, 몰라, 몰라. 이성이고 뭐고 필요 없어."

결국 아버지는 영광이 실내운동으로 종목만 바꾼다면 계속 운동하는 걸 용인해 주겠다는 어머니의 승낙을 간신히 얻어냈다. 영광도 운동을 관두지 않는 거라면 농구가 됐건 배구가 됐건 자기가 흥미 있는 것으로 바꿔서 해 보는 것도 좋겠다고 생각했다. 어차피 2년 동안 축구를 했으니 변화를 주는 것도 괜찮을 것 같았다.

그렇게 해서 영광은 아버지와 함께 새롭게 시작할 운동 종목을 알아보러 목동까지 온 거였다. 야구나 축구는 실외 운동이었기 때문에 두 사람은 아예 쳐다보지도 않고, 다짜고짜 실내 체육관을 향해 들어갔다. 체육관 입구를 보니 종목마다 선수를 모집한다는 광고가 붙어 있었다. 가장 많은 것이 농구와 배구였고, 그밖에 핸드볼, 탁구, 배드민턴 등 실내에서 할 수 있는 종목들이 다양하게 클럽을 형성하고 있었다. 사격장에는 공기총을 들고 다니는 선수들도 있었다.

아버지는 실내 체육관 여기저기 다니며 영광과 이야기를 나눴다. 영광은 농구에 대단한 흥미를 보였다. 혼자 하는 경기보다는 단체 경기를 통해 친구들과 호흡을 맞추고 싶었던 것이다.

"그럼 사격은 안 되겠구나. 사격은 자기와의 싸움인데……. 그러면 농구를 한번 해 볼까? 그런데 네가 키가 많이 클 수 있을지 모르겠다. 아빠 엄마가 별로 크지 않아서 말이야. 너도 또래 아이들과 비교해서 조금 더 큰 거지 덩치가 그렇게 큰 건 아니고."

아버지는 은근히 걱정됐다. 농구는 신체적 조건이 선천적으로 타고나야 하는데, 영광이 그렇게까지는 크지 못할 것 같았기 때문이다. 물론 농구 선수라고 키가 장대같이 클 필요는 없었다. 가드의 경우는 175~180센티미터 정도의 키를 가진 선수들도 있었기 때문이다. 물론 민첩성이 있어야 작은 키의 불리함을 메울 수 있다.

"저기는 어디에요?"

영광이 가리키는 곳은 실내 빙상장이었다.

"저기는 빙상장이야."

"저기 한번 가 봐요. 김윤아 선수가 피겨 같은 거 하는 데 아니에요? 쇼트트랙이나……."

"그렇지. 빙상 경기는 다 실내 경기지. 스피드스케이팅, 쇼트트랙, 피겨스케이팅, 아이스하키, 컬링……. 그래, 한번 가 보자."

영광과 아버지는 실내 빙상장으로 들어섰다. 그곳에는 실내 링크가 지하와 지상에 한 군데씩 있었다. 실내 링크 안으로 들어서자 서늘한 기운이 온몸을 감쌌다. 얼핏 짐작해 봐도 10~12도밖에 안 되는 것 같았다. 텔레비전으로만 보던 빙상장을 실제로 본 영광은 눈을 반짝였다. 빙상 위에서는 유니폼을 입은 아이스하키 선수들이 얼음 가루를 흩날리며 거칠게 연습 경기를 하고 있었다. 이따금 선수들이 지르는 함성이 경기장 분위기를 뜨겁게 했다.

"쾅!"

때마침 날아온 퍽이 아크릴로 된 보호 유리에 맞자 마치 대포가 터지는 듯한 소리가 났다. 보호 유리는 링크의 양 끝에서 보드 위로 높이 160센티미터 이상이어야 하고, 골라인으로부터 뉴트럴존 방향으로 4미터를 연장해서 설치해야 했다. 링크 측면은 아무래도 퍽의 직접적인 위험에서 벗어나니, 선수 벤치 앞을 제외하고는 80~120센티미터 정도의 높이로 설치되어 있었다.

영광은 퍽이 부딪쳐 나는 굉음에 깜짝 놀라 움츠러들었다. 아버지는 박진감 넘치는 아이스하키를 실제로 구경하자 온몸에 전율을 느꼈다. 저 깊은 곳에 숨어 있던 질주와 공격 본능이 스멀스멀 되살아났다. 아버지는 눈치로 알 수 있었다. 영광이 이미 아이스하키에 관심을 가지게 됐다는 것을.

"아빠, 저렇게 무거운 옷을 입고 달리는데 힘들지 않을까요?"

"글쎄 그렇지 않을걸. 다 몸을 보호하기 위한 아대나 패드, 이런 걸 거야. 그렇게 무거우면 어떻게 달리겠니?"

쉬는 시간이 되자, 영광과 아버지는 살짝 링크 안에 들어가서 얼음을 만져 보았다. 하얀 분말이 깔린 것처럼 스케이트 날에 깎인 얼음 가루가 빙판 위를 잔뜩 덮고 있었다. 얼음을 정비하는 잠보니가 들어와 링크 표면을 거울처럼 반질반질하게 정비하고 있었다. 얼음 온도는 영하 4도를 유지해야 했다. 스피드 스케이팅이나 아이스하키의 경우에는 얼음을 더 딱딱하게 하려고 영하 6도에 맞추지만, 피겨는 발목을 많이 쓰기 때문에 그보다 좀 더 온도를 올려 얼음을 무르게 만들었다. 이런 얼음에 물을 뿌려 다시 얼리고 매끄럽게 하는 것이 잠보니의 역할이었다. 영광은 그 모습을 보며 좋아서 펄쩍펄쩍 뛰었다. 아버지도 방송으로나 보던 이채로운 광경이 흥미로웠다. 어느새 불투명하던 빙판이 투명해져 있었다.

다시 연습 시간이 되었는지 다른 그룹의 하키 선수들이 들어왔다. 시간대별로 링크를 대여해 이번에는 다른 팀이 연습하는 것이었다. 영광과 아버지는 스탠드 위로 올라갔다. 잠시 후, 선수들이 거친 숨소리를 내며 연습 경기를 시작했다. 최대 길이 61미터에 폭이 30미터인 링크는 선수들이 펄펄 날기 시작하자 비좁게 느껴졌다.

아이스하키의 매력에 흠뻑 빠진 영광은 집에 가려 하지 않았다. 영광이 아이스하키 경기를 구경하는 동안, 아버지는 제대로 아이스하키를 배우려면 돈이 얼마나 드는지 궁금해 사무실로 가 이것저것 물었다.

"아이스하키 배우려면 어떡해야 하죠? 초등학생인데."

"유소년 팀이 있어요. 거기 가입하시면 됩니다."

"연락처 알 수 있을까요?"

"게시판 포스터에 있을 텐데요!"

연습 시간표에 팀마다 적혀 있는 전화번호를 받아 적고 아버지는 다시 링크 관중석으로 돌아왔다. 그러나 있어야 할 자리에 영광은 보이지 않았다.

"영광아!"

영광은 저만치 골문 뒤쪽 스탠드에서 경기를 구경하고 있었다.

"영광아, 가자!"

하지만 경기 소리와 아이스하키장의 온갖 소음 때문에 영광은 아버지가 부르는 소리를 듣지 못했다. 아버지가 데리러 가려 다가가고 있을 때였다. 한 선수가 골문을 향해 강력한 슛을 날렸다. 하지만 빗나간 퍽은 보호 유리 위로 넘어가 보드와 유리 위에 걸려 있는 엔드존 네트 사이를 뚫고 스탠드로 떨어졌다. 그때, 골문 뒤에 서 있던 영광이 시야에서 사라졌다.

"어, 영광아!"

아버지는 갑자기 등골이 오싹해졌다.

"어머, 애가 퍽에 맞았네!"

"어찌 이런 일이……."

근처에서 구경하고 있던 몇몇 사람들이 달려갔다.

"영광아!"

그 말을 듣고 사색이 된 아버지가 정신없이 달려갔다. 그 짧은 순간 오만가지 상상이 머릿속을 휘저었다. 하지만 쿵쾅거리며 뛰는 심장 박동이 무색하게, 영광은 별일 없다는 듯 툭툭 털고 일어났다. 보호 유리에 한번 퉁겨서 떨어진 퍽이었기 때문에 영광의 머리에 큰 충격을 주지는 않은 것 같았다. 아버지가 안도하며 거친 숨을 몰아쉴 때쯤 놀란 아이스하키팀 코치가 스케이트를 신은 채 링크 밖으로 달려 나왔다.

"괘, 괜찮나요?"

"네. 괜찮다고 하는데요."

영광의 머리를 만지며 아버지가 말했다.

"저쪽에 의무실이 있습니다. 의무실에 한번 가보시지요."

아버지는 영광이를 데리고 의무실을 찾아갔다. 의무실에 있던 사람은 영광의 머리를 조심스럽게 만져 보더니 혹이 살짝 난 걸 확인한 뒤 부어오른 곳에 소독약을 발라 주며 말했다.

"혹시 모르니까 병원에 가 보세요. 근데 직접 맞은 게 아니라 벽에 튕겨진 뒤 떨어진 걸 맞은 거니까 기껏해야 혹이 나는 정도일 겁니다."

"영광아, 아이스하키 위험하다. 하지 말자. 다른 거 해."

돌아오는 차 안에서 아버지는 영광에게 다른 종목을 권유했다.

하지만 영광은 아버지의 말에 대답하지 않았다. 이미 마음속에 퍽의 그 딱딱한 감각이 커다란 멍울을 짓듯 큰 인상을 남겼기 때문이다. 그 돌덩이 같은 퍽을 총알처럼 골망에 꽂는 맛. 그것은 축구공을 커다란 골대에 차 넣는 것과는 비교도 안 됐다. 게다가 그 현란한 드리블과 빠른 스피드……. 자신이 그 주인공이라고 생각만 해도 가슴이 벅찼다. 영광은 자기의 운명이 바로 아이스하키라는 사실을 벼락이라도 맞은 것처럼 깨달았다.

13. 성공의 비밀

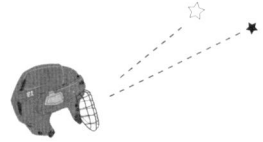

자기 때문에 부모가 다투는 걸 보자 영광은 더 이상 참을 수가 없었다.

"엄마, 아빠, 제발 그만 하세요. 코치님이 때린 건 다 이유가 있어서 그런 거고, 맞을만하니까 맞은 거예요. 제발 그런 일 가지고 싸우지 좀 마세요. 그리고 저 운동 계속 하고 싶어요. 그냥 운동이 좋아서 하는 거예요."

사실 그 무렵 영광의 부모님 사이는 나쁠 대로 나빠져 있었다. 어머니는 어머니대로 직장 생활 때문에 바빴고, 외할머니 집에 머무는 시간도 점점 길어졌다. 아버지는 아버지대로 사업을 한다는 이유로 집에 늦게 들어오곤 했다. 그러다 보니 대화를 나눌 시간이 없었다. 시간이 난다고 해도 둘이 대화할 화젯거리가 딱히 없었다. 유일한 대화의 소재이자 집안의 활력소는 영광이었다. 하지만 영광 역시 커 가면서 운동에 전념하게 되자, 가족들은 그야말로 따로 생활했고 화목한 시간을 가질 틈도 없었다. 게다가 요즘은 아버지의 사업도 어려워져 아이스하키팀 회비도 제대로 못 내는 처지였다.

"그리고 당신, 사업한다 어쩐다 하면서 지금 두 달째 영광이 회비 내가 내고 있잖아. 내가 이 돈 어떻게 해서 버는지 알아? 하루에 열 집, 스무 집 돌면서 애들한테 학습지 가르치고 비위 맞춰 가면서 버는 돈이야. 이러려고 내가 회사 다니는 거 아니라고."

"사업이 어려워서 그런 걸 어떡해. 그리고 당신이 하는 일은 원래 그런 거야. 불평할 거 없어."

어머니는 무조건 '너'로 이야기를 시작하고 있었다. 너 때문에 뭐가 잘못됐다, 너 때문에 힘들다, 그것이 둘의 사이를 갈라 놓는 중요한 원인 중의 하나였다.

이 광경을 보며 영광은 귀를 막고 싶었다. 모든 게 자기 때문인 것 같았다. 한참 동안 말을 퍼부은 어머니는 입고 있던 복장 그대로 집을 나가 버렸다. 아버지는 어이가 없다는 표정으로 현관문을 바라보다 화장실로 들어가 물을 틀어 놓고 한참 동안 나오지 않았다. 지옥이 있다면 바로 이런 것이 아닐까, 하고 영광은 생각했다.

'우리 집은 도대체 왜 이럴까?'

어느새 영광이 학교에서 맞은 건 아무 문제도 아닌 게 되어 버렸다.

영광은 이어폰을 귀에 끼고 침대에 엎드린 채 김윤아가 좋아한다는 책을 펼쳐 읽기 시작했다. 어려서부터 운동만 한 영광이지만 그 책은 별로 어렵지 않았다. 책표지를 넘기고 본문으로 들어가자마자 영광은 문장들에 끌리기 시작했다. 목차부터 가슴을 설레게 했다.

내 안에 잠자는 리더 본능을 깨워라
영향력 있는 리더는 외롭지 않다
정직, 고결, 성실, 속 모습을 가꾸어라
변화가 없으면 발전도 없다
……

특히 가슴을 설레게 하는 건 '리더는 위기의 순간에 더욱 빛난다'는 구절이었다.
'이게 무슨 소리지? 개이상한 걸.'
그쪽부터 펼쳐서 읽기 시작했다.

짐 애보트는 야구를 타고난 듯 잘했다. 조그만 아이였을 때부터 공을 잡고 던지는 연습을 하기 위해 벽돌로 된 벽에 공을 튀기면서 몇 시간씩 보냈다. 역시나 리틀 야구팀에 들어갔으며 첫 게임에서 투수로 나와 안타를 하나도 맞지 않는 노히트 게임을 펼쳤다. 고등학교 미식 축구팀에서는 인기 있는 쿼터백. 초·중·고등학교 야구팀에서는 투수를 했다. 그리고 교내 농구 대회를 우승으로 이끌기도 했다. 짐은 고교 투수로서 충분히 가능성을 보여주어 프로 야구팀 토론토 블루제이스에 뽑혔다. 그는 정상적인 고등학교 학생이었다. …… 잠깐, 아니다. …… 짐 애보트는 평범한 아이는 아니었다. 태어날 때부터 팔이 하나뿐이었으니까!

짐은 야구 장학생으로 미시간대학교에 갔다. 그리고 미국 대표팀 선수가 되어, 미국 최고 아마추어 야구 선수로 미국 야구 협회에서 주는 골든 스파이크 상을 받았다. 1988년 서울 올림픽에 투수로 참가해 경기를 펼치기도 했다. 그 뒤 그는 캘리포니아 에인절스, 뉴욕 양키스, 시카고 화이트삭스 선수로 메이저리그에서 뛰었다.

많은 사람이 짐에게 더는 운동을 하지 말라고 했다. 그러나 짐은 듣지 않았다.

"그게 얼마나 어려운 일이 될지 전혀 몰랐어요. 저는 그저 가능할 거라고만 생각했었죠."

이렇게 말하는 짐은 요즘 장애가 있는 아이들과 소통하며 그들에게 도움을 주려 노력하는 한편 야구단에서도 일하고 있다.

영광에게는 충격적인 이야기였다. 운동선수로서 연습하고 뛰는 것은 물론 승리를 위한 것이다. 대학을 가고 싶고, 성적을 올리고 싶고, 그리하여 출세하고 돈을 번다는 욕망을 품기도 한다. 그건 다른 아이들도 마찬가지였다. 대부분의 성공과 운은 자기 뜻대로 되는 것이라고 생각하지 않았다. 노력해도 안 되는 것이 있고 최선을 다했을 때 될 가능성이 높아진다는 정도로만 여기고 있었다.

그런데 이 책은 주어진 환경이나 여건보다 본인의 의지가 중요하다는 것을 강조하고 있었다. 긍정적인 태도로 원하는 것을 간절히 바라면 기적이 일어난다고 했다. 한쪽 팔이 없는 야구 선수가 메이저리거가 되다니.

'말도 안 되잖아.'

아무리 운동만 한 영광이지만 별로 논리적이지 못하다는 생각이 들었다.

하지만 다른 구절에서 영광은 벼락에 맞은 것같이 충격을 받았다.

여러분이 뭘 하더라도 여러분은 다른 사람에게 영향을 주고 있습니다. 그들은 여러분이 행동하고 말한 것들을 기억할 것입니다. 때때로 그것은 좋은 것이 되고, 때로는 그리 대단하지 않은 것이 됩니다. 그건 모두 여러분에게 달렸습니다.

예문들은 누구나 영향력을 가지고 있으며 그것이 남들의 삶도 변하게 한다는 거였다. 영진이가 패스하지 않은 작은 행동이 결국 팀을 시합에서 지게 하고 감독이나 코치에게 혼나고 급기야 매를 맞는 데까지 이르렀다. 어머니, 아버지에게 매 맞은 사실을 숨기고 싶다고 두려워했는데 결국엔 드러나서 문제가 커졌고, 내일이면 어떤 일이 벌어질지 알 수 없었다.

그렇게 생각하니 정말 이 책은 만만치가 않았다. 영광은 엎드려서 책을 보다가 벌떡 일어났다. 그리고 그 책에서 대안으로 제시한 문장에 생각이 꽂혔다.

여러분이 진짜일수록 사람들은 여러분에게 신뢰감을 갖습니다. 그 신뢰감 때문에 그들은 자기 삶에 영향을 미칠 특권을 여러분에게 허용한 것입니다. 여러분이 덜 진짜일수록 사람들은 여러분에게 신뢰감을 덜 갖게 되고, 여러분은 더욱 빨리 영향력 있는 자리를 잃게 됩니다.

가슴이 설레어 더는 책을 읽을 수 없었다. 영광은 불을 끄고 생각에 빠졌다. 자신에게 꿈은 있지만 남들에게 미치는 영향력은 전혀 생각하지 않았던 것은 아닌가 싶었기 때문이다.

'도대체 나는 어떻게 해야 긍정적인 삶으로 나의 꿈을 이룰까? 그리고 남들에게 긍정적인 영향력을 미칠까.'

친구들과의 갈등, 학교에서의 문제, 운동하는 어려움, 이 모든 것들이 뒤죽박죽되어 엉덩이를 구타당한 통증보다 더 강하게 영광을 괴롭혔다.

14. 학부모 회의

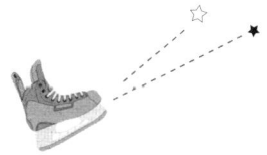

다음 날 아침에도 해는 떠올랐다. 오랜 습관 때문에 일찍 눈을 떴다. 잠자리에서 눈을 뜬 영광은 온몸이 쑤시는 것을 느꼈다. 맞은 자리가 퉁퉁 부어올라 있었다. 다행히 근육과 살이 많은 엉덩이와 허벅지를 맞아서인지 피부는 아프고 당겼지만 걷거나 움직이는 데에는 크게 지장이 없었다. 감독이 다년간 학생들을 처벌해 본 경험 덕분인 것 같았다. 아침 훈련을 하러 가려면 서둘러야 했다.

머리맡에 어제 읽다 만 책이 놓여 있었다. 다음 내용이 궁금해 영광은 책장을 펼쳤다. 그 안에는 태어나서 처음 알게 된 이야기들이 가득했다. 한참 동안 책에 빠져 있다 정신을 차리니 거실에서 인기척이 났다. 방문을 열고 바깥으로 나가 보니 밤사이 집으로 돌아온 어머니가 출근 준비를 하고 있었다.

눈에 띄지 않으려고 조용히 화장실로 들어가 거울을 본 영광은 왼쪽 뺨의 붓기가 아직도 빠져 있지 않은 것을 발견했다. 이렇게 때려 놓고 집에 가서 말하지 말라는 게 말이 되지 않는다는 생각이 들긴 했지만, 어쩔 수 없었다. 미지근한 물로 세수하자 상처가 다시 아팠다. 대충 씻고 밖으로 나오자 어머니는 영광에게 대뜸 낮은 목소리로 으르렁거리듯 말했다.

"영광이 너 오늘부터 운동하지 마."

"왜, 왜요?"

"하지 말라면 하지 마. 맞는 꼴 보면서까지 난 운동 못 시켜. 어젯밤에 한숨도 못 잤어. 당장 너희 감독이랑 코치 잘라 버리라고 교장한테 전화할까 하다가 네 아빠가 말려서 겨우 참았어. 당장 짐 정리해서 돌아와. 이제부터 공부해서 대학 가."

아버지는 말없이 베란다에서 담배만 피우고 있었다. 영광은 그런 아버지가 야속했다. 방어막 노릇도 해 주지 않고 뒤로 빠져 있었기 때문이다. 아마도 어머니와 다시 이야기하면 아침부터 험한 분위기로 기분을 망칠 것 같아서인 것 같았다.

영광은 방에 들어와 속옷을 갈아입고 교복을 입었다. 어머니는 그새 현관으로 가 한 손으로 벽을 짚고 구둣주걱을 꽂아 신발을 신으며 다시 한 번 이야기했다

"운동하지 마. 하기만 해 봐."

어머니는 사무실이 멀어 가장 먼저 집을 나섰다. 어머니가

구두 소리를 내며 나가고 나자 부자는 약속이라도 한 듯 식탁 앞에 마주앉았다

"아빠, 이제 어떡하죠? 엄마가 자꾸 저러시니."

"어떡하긴 뭘 어떡해! 운동이란 게 그렇게 한순간에 관둘 수 있는 게 아니잖니? 오래 했는데."

그건 그랬다. 이미 진로를 아이스하키로 정해 놓은 상황에서 매 한두 대 맞았다고 포기할 수는 없는 노릇이었다. 이제 와서 다른 길을 선택한다는 건 무리였다.

"알았어요."

"너희 엄마 저러다 곧 가라앉을 거야. 아빠가 잘 막아 볼게. 어서 밥 먹자. 늦기 전에 운동 가야지."

영광은 간신히 시간에 맞춰 연습장에 도착했다. 학교로 오는 길 내내 영광은 머릿속이 복잡했다. 아침까지 읽은 책의 내용이 그동안 자신이 알고 있던 것을 뒤죽박죽으로 만들어 놓았기 때문이다. 재능을 갖고 운동을 해 왔지만 아직은 가야 할 길을 알 수 없다. 큰 꿈을 가지고 있다곤 하나 어떻게 이루어야 할지도 모른다. 성공은 정말 실낱같은 운에 좌우되는 것인 듯하다.

게다가 아버지는 자신의 곁에서 최선을 다해 도우려 애쓰고 있다지만 어머니는 반대하고 있다. 학교에서도 구타 사건이 터져 본격적으로 어떤 심각한 일이 벌어질지 모른다. 책에서는

긍정적인 생각을 하면 원하는 것이 모두 이루어진다고 했지만 믿을 수 없었다. 어떠한 근거로 그렇단 말인가. 전혀 비과학적이었다.

물론 기분을 바꾸고 감정을 바꾸면 삶의 태도가 달라지긴 한다. 아침 운동을 할 때 상쾌한 날은 왠지 운동이 잘될 것 같다고 생각하면 정말 마음먹은 대로 퍽이 들어가서 꽂혔다. 그러나 왠지 찌뿌드드하고 불쾌한 일이 있으면 잘 되던 드리블도 되지 않고 일이 꼬이는 것을 자주 경험하긴 했다.

하지만 불쾌할 때도 오히려 그 불쾌함이 힘이 되어서 더 큰 자극이 되는 때도 있지 않던가. 내성적인 사람이 어느 순간 터지면 무서운 힘을 발휘하듯 무조건 긍정적인 게 옳은 것인지도 알 수 없었다. 물론 긍정적이어서 손해 볼 건 없었다. 간절히 원하는 것을 생각하고 그것을 향해 삶의 초점을 맞추는 건 어려운 일이 아니었다.

'한번 해 볼까? 내가 원하는 것은 뭐지?'

곰곰이 생각해 보았다. NHL에 출전해서 고액의 연봉을 받고 세계적인 스타가 되는 것. 황홀하긴 하지만 그 느낌이 어떤 건지는 알 수 없었다. 돈 많이 벌고 좋은 차 타고 여행 다니며 대접받는 것일까. 그러한 경험을 상상만으로 느끼기에는 아직 영광의 지적인 성숙력이 떨어졌다. 믿고 첫걸음만 내딛으면 된다고 했다. 만일 그렇다면 그동안 노력한 것은 무엇이란 말인가.

당장 눈앞의 걱정은 학교에서 벌어질 사태였다. 아무리 긍정적으로 생각해도 사건이 쉽게 해결되지는 않을 것 같았다. 어머니는 한다면 하는 사람, 학교로 와서 분명히 아이스하키를 그만두라고 말할 것이 뻔했다. 이런 부정적인 기분들이 가득한데 어떻게 믿는 대로 이루어진다고 할 수 있을까. 머리가 빠개질 것처럼 아팠다.

그런데 연습 시간이 다 되도록 영진이가 나오지 않았다.

"영진이 아직 안 왔니?"

"안 보이는데?"

"왜 안 오지? 지각하면 더 맞을 텐데."

아이들은 불안해하며 수군댔다. 영광도 영진이가 나타나지 않는 이유가 궁금했다. 예감이 좋지 않았다. 듣자 하니 영진이는 집안에서 귀하게 기르는 아들이라는데, 어제 그렇게 두들겨 맞았으니 아무리 아들을 아이스하키로 성공시키겠다는 영진이 아버지라도 참기 어렵지 않았을까 하는 생각이 들었다.

그에 비하면 영광이 아버지는 멀리 있는 커다란 목표를 위해, 아들이 아무리 매를 맞았어도 대수롭지 않게 넘기려 애썼다. 영광은 그런 자신의 아버지가 좋은 것 같기도 하면서 약간 섭섭하기도 했다. 하지만 이것이 자신의 목표를 향해 나아가는 과정이라면 달게 받겠다는 생각에 곧 묵묵히 연습에 들어갔다.

감독과 코치는 영진이가 나타나지 않자 얼굴이 굳어져 갔다. 아무 말도 하지 않고 경기에 대비한 연습만을 시킬 뿐이었다. 뭔가를 알고 있는 듯했지만 누구도 직접 물어볼 수는 없었다. 집단 구타가 있었기 때문인지 아이들은 모두 긴장한 가운데서도 더욱 진지하게 연습에 임했다. 마무리 달리기에서 찡찡대며 꾀를 부리는 선수도 없었다. 구타가 주는 짜릿한 각성 효과였다.

연습이 끝난 뒤에야 주성이가 어디서 들었는지 놀라운 사실을 영광에게 전했다.

"야, 놀라운 소식이야. 뭐냐고? 영진이 아빠가 인터넷에 글을 올릴 거래."

"인터넷에? 뭐라고?"

"응. 궁금해? 우리 이번에 맞은 걸로……."

"정말이야?"

"응. 오늘 코치님하고 감독님 얼굴이 엉망이었지. 왜냐고? 바로 그것 때문이지."

영광은 이번 사건이 왠지 심상치 않으리라는 걸 예감할 수 있었다.

이틀 후 목동에서 벌어진 예선 3차전은 묵진고와의 경기였다. 영진이는 여전히 무단결석 중이었고, 감독과 코치는 아무 말도 하지 않고 아이들이 시합 전 연습하는 것만 지켜보았다.

경기 시간이 되어서 모두 링크에 나섰지만 감독은 뒤에서 팔짱만 끼고 고개를 숙이고 있었다. 코치만 간단하게 지시를 했다.

"평소 연습했던 대로만 해라."

팀 분위기는 전체적으로 가라앉아 있었다. 아무리 구호를 외쳐도 감독과 코치의 우울한 기운은 아이들에게 그대로 전이됐다.

시합이 시작되었지만 목표를 이루기 위해 최선을 다해 다 함께 뛰는 분위기는 아니었다. 영광도 힘껏 뛰었으나 영진이가 빠진 공백도 있었고, 무엇보다 사기가 저하된 것이 큰 문제였다. 스포츠에서 사기가 저하됐다는 것은 곧 패배를 자초하는 것이나 마찬가지였다.

시합 결과는 예상했던 대로 4대 2 패배였다. 한 번도 묵진고한테 패했던 적이 없었던 기록이 깨졌다. 선수들은 말없이 라커룸으로 돌아갔다.

하지만 문제는 패배가 아니었다. 영진이가 계속 모습을 드러내지 않고 있는 거였다. 뭔가 무사히 넘어갈 것 같지 않은 예감의 여파로 팀의 분위기는 점점 더 엉망이 됐다. 코치는 경기 내내 말이 없었고 감독도 묵묵히 시합을 지켜보더니 먼저 링크를 빠져나갔다. 아이들만 저마다 수군거렸다.

오래 사용해서 악취가 나는 글러브에 베이비파우더를 뿌리던 철중이가 옆에 있는 주성이에게 말했다.

"야, 영진이 아빠가 아이스하키팀에 정식으로 문제를 제기한다던데."

"무슨 문제?"

"감독한테 맞은 거."

"야, 말도 안 돼. 왜냐? 영광이도 맞았는데? 걔넨 아무 말 없잖아."

"글쎄, 아무튼 가만 안 둔다고 그랬나 봐. 학교에서도 지금 대책을 세우고 있대. 우리 엄마가 그러더라."

"정말이야?"

아이들은 불안감에 사로잡혔다. 잠시 후 주장인 명식이 들어왔다.

"야, 오늘은 씻고 그냥 가란다. 감독님하고 코치님이 너희 보고 싶지 않대."

팀 분위기가 뒤숭숭한데다 시합까지 져서 아이들은 모두 조용히 샤워하고 링크를 빠져 나왔다. 부모들은 출입구 앞에서 삼삼오오 모여 담배를 피우거나 심각한 표정으로 뭔가 이야기를 나누고 있었다. 감독이 팀원 전체는 물론이고, 영광과 영진이를 특별히 더 구타했다는 소문이 부모들 사이에서도 크게 번지고 있었던 것이다. 영광의 아버지도 몇몇 학부모들과 이야기를 나누고 있었다.

"감독이 필요하면 아이들을 때릴 수도 있는 거죠."

영광의 아버지는 피해자 쪽이었지만 오히려 감독에게 적대적인 태도를 보이는 다른 부모들을 설득하려 애썼다. 이대로 팀의 분위기가 와해되면 안 된다는 생각에서였다. 그러자 한 어머니가 말했다.

"아유, 우리 애 맞아 가면서까지 운동시키고 싶진 않아요."

"그렇지만 사춘기 애들은 때론 적당히 체벌도 해야 정신 차리지 않습니까. 오죽하면 감독이 애들을 때렸겠어요. 나도 가끔 우리 아들놈을 때리고 싶을 때가 있어요. 모르세요? 사랑의 매는 약이라는 걸."

"아니, 영광이 아버지, 애가 그렇게 맞았는데 화도 안 나세요? 아까 보니까 얼굴에 멍이 시퍼렇게 들었던데."

다른 어머니가 끼어들어 영광이 아버지한테 물었다.

"왜 화가 안 나겠습니까? 그렇지만 감독에게 애를 맡겼으면 감독이 이끄는 대로 따라가야지요. 잘못한 게 있으니까 때린 거 아니겠어요? 과도하게 때린 건 잘못이지만 저는 한번 믿으면 그냥 믿고 맡깁니다."

"아유, 저는 못해요. 애한테 아이스하키 가르치라 그랬지, 언제 때려 가면서 인간 만들라 그랬어요. 인간은 자기가 스스로 되는 거지요. 감독이나 코치가 뭐 신입니까? 아무리 아이들을 발탁하고 키워 준다지만 이건 아니지요."

"그래요, 그래. 부모가 애를 키우는 거지. 어디 감독이나 코치가 인생 책임집니까?"

부모들은 지금 두 의견으로 갈라져 있는 상태였다. 감독과 코치에게 아이들을 지도하고 이끌 수 있는 권리를 맡긴 것이기 때문에 참아야 한다는 의견이 있었고, 운동은 어디까지나 운동이지 때려 가면서까지 하면 안 된다는 의견이 있었다. 한마디로 운동하다 보면 체벌을 받을 수도 있다는 부모와, 절대 맞아 가면서까지 운동시키지는 않겠다는 부모로 나뉜 것이다.

양쪽의 기세는 팽팽했다. 게다가 이 문제는 영진이 아버지가 민식이 아버지를 통해 이번 일을 절대로 그냥 넘어가지 않겠다고 전해 옴으로써 더욱 심각해졌다. 논쟁이라는 건 처음 시작과 달리 격렬해지면 질수록 그 책임은 한 사람에게만 있지 않고 양자 모두에게 있는 법이다. 그렇기에 어느 한쪽이 잘못을 인정하지 않는 한 논쟁을 통한 해결은 거의 불가능했다. 그건 평행선이 영원히 만나지 않는 것과 같은 이치였다.

영진이 아버지가 교육지원청 홈페이지에 이에 관한 항의성 민원의 글을 올린 건 그날 오후였다.

15. 영진이 아버지의 분노

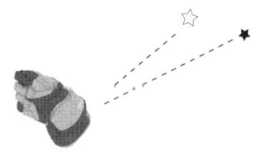

영진이 아버지는 이틀 뒤 교장실로 찾아왔다. 목발을 짚고 아버지를 따라온 영진이는 고개를 푹 숙이고 있었다.

"교장 선생님, 제가 영진이 아빕니다."

"아, 예, 어서 오세요."

교장은 안 그래도 인터넷에 올라온 글을 본 교육청에서 진상 조사를 하라는 지시가 내려와 학교가 온통 그 문제로 술렁이게 되자 정신을 못 차리고 있었다. 일단 만나서 자초지종을 들어 볼 생각에 영진이 아버지를 부른 거였다.

"여기 아이스하키팀, 당장 관두겠습니다."

"아니, 갑자기 무슨 말씀이신지……."

"사람을 개 패듯 패는 학교에 우리 애를 어떻게 맡기겠습니까?"

교장은 영진이의 매 맞은 부위를 보자 더 할 말을 찾지 못했다. 심하게 맞아 짓무른 곳은 이제 아물어 가고 있었지만 그 언저리는 실핏줄이 터져 갈색과 보라색으로 넓게 멍이 들어 있었다.

"제가 진상을 파악해 보겠습니다. 흥분하지 마십시오."

"도저히 묵과할 수 없습니다. 아이들이 운동하다 보면 실수도 하고 성적이 좀 안 나올 수도 있는 거 아닙니까? 그런데 어떻게 감독이라는 사람이 아이들을 이렇게 야만적으로 때릴 수 있단 말입니까? 애가 치명적인 부상이라도 당하면 교장 선생님께서 전부 책임지실 겁니까?"

교장은 커피를 대접하며 영진이 아버지의 흥분을 가라앉히려 애썼다.

"아버님 심정 충분히 알겠습니다. 제가 진상을 알아본 다음에 말씀을 드린다지 않습니까? 그러니까 흥분을 좀 가라앉히십시오."

영진이 아버지가 흥분을 가라앉히는 동안 교장은 전화를 걸어 아이스하키팀 감독을 찾았다. 그러나 감독은 전화기를 꺼 놓은 상태였다. 구타 사건 때문에 계속 부모들 전화에 시달렸기 때문이었다.

"아니, 이런 사람을 봤나. 왜 전화를 안 받아."

감독이 전화를 받지 않는다는 사실에 영진이 아버지는 다시 화가 치밀었다. 교장은 한동안 그런 영진이 아버지를 다시 진정시키느라 진땀을 빼야 했다.

"아버님, 저도 운동부에서 뭐가 문젠지 잘 압니다. 자의식이 형성되지 않은 어린 시절부터 폭력이나 폭언에 물들다 보니 이런 일이 벌어지고, 그럼에도 잘 시정되지 않는 거지요. 잘 압니다. 일단 돌아가 계시면, 제가 책임지고 조처하겠습니다. 꼭 약속드립니다."

"오라고 해 놓고 이게 뭡니까? 애들 장난도 아니고."

"죄송합니다. 감독이 갑자기 사라져서……."

교장은 일단 수습책으로 감독과 코치 해임을 카드로 가지고 있었다. 하지만 엄밀히 따지면 감독과 코치는 부모들이 불러다 급료를 주면서 인사권 역시 그들이 가지고 있으면서 관리만 학교에 일임한 묘한 존재였다. 경제적으로는 부모의 명령에 따라야 하지만 제도적으로나 행정적으로는 학교에 속한 사람이었던 셈이다. 그러니 부모들이 행정적인 책임을 요구하면 교장으로서는 조처를 취할 수밖에 없었다.

"교장 선생님, 이 사태에 대해 반드시 책임을 묻겠습니다. 조만간 명쾌하게 해결되지 않으면 저도 가만히 있지 않겠습니다."

영진이는 삼대독자였다. 몸과 마음이 심약해 운동으로 영진이를 사내답게 기르려 했던 게 애초 영진이에게 아이스하키를 시킨 목적이었다. 그러니 유달리 영진이를 소중히 여기는 영진이 아버지가 구타 사건 때문에 흥분하는 건 어찌 보면 당연했다.

아이스하키 팀원들은 우울한 분위기에 더 이상 뭔가 해 볼 의욕을 잃었다. 예선 탈락이라는 사태는 누구도 생각 못 했던 일이었다. 팀은 당분간 연습을 중지하기로 했다. 연습을 더 해 봐야 나갈 대회도 없었기 때문이었다. 사실 부모들이 갈라져서 싸우고, 폭력이 큰 문제가 되어 일이 시끄럽게 번진 상태에서 단합된 마음으로 연습을 한다는 것도 불가능한 이야기였다.

연습이 무산되어 아이들은 오전과 오후 모두 교실에 들어와 수업을 들었다. 아이들은 모두 힐끔힐끔 영광을 쳐다보았다. 선생이 들어와 수업을 진행할 때 아이들은 열심히 집중하기도 하고, 책상에 엎드려 코를 박고 자기도 했다. 교과목 선생들은 그런 아이들을 깨우거나 지적했다.

"야야, 거기 맨 뒤에 자는 놈 누구냐?"

수학 선생의 지적에 깊은 잠에 빠져 있던 영광을 옆자리에 앉은 아이가 깨웠다.

"야, 선생님께서 너 일어나래."

졸린 눈으로 고개를 들자 선생이 물었다.

"너 인마! 왜 잠만 자고 있어?"

아직 다 돌아오지 않은 정신으로 영광이 비몽사몽 헤매자

옆의 아이들이 부연 설명을 했다.

"선생님, 얘 아이스께끼부예요."

"뭐 께끼부?"

그 말에 아이들이 킥킥대며 웃었다. 아이스하키부의 교내 별명은 께끼부였다.

"그래? 그냥 자라, 자."

수학 선생도 더는 신경 쓰지 않았다. 영광은 팔뚝에 다시 고개를 파묻고 마저 잠을 청했다. 그러나 마음 깊숙한 곳에서 아이스하키부라는 말에 다시 자도록 내버려두는 선생님의 처사가 왠지 모르게 섭섭하다는 생각이 들었다. 세상 사람들이 모두 혼탁할 때 나 혼자 깨끗하니 소외되었고, 세상 사람들이 모두 술 취해 있지만 나 한 사람만 깨어나 이지理智의 세상에 살고 있으니 소외됐다는, 어느 고전에 나오는 어부의 느낌이 바로 이런 것이리라. 물론 잠시 후 그런 생각도 몰려드는 졸음에 묻혀 가뭇없이 사라졌다.

오후까지 수업을 들은 것은 그날이 처음이었다. 수업이 끝나자 갈 곳이 없었다. 그날 아이스하키 선수들은 체육관에 모이지도 않았다.

**어디냐?
체육관으로 와.**

주성이가 그런 영광의 마음을 알고 체육관으로 오라는 카톡을 보내 왔지만 가고 싶지 않았다.

**이럴 때일수록 운동해야 해. 왜냐?
우리는 선수니까.**

**빨리 오라고. 왜냐?
내가 보고 싶으니까.**

주성이의 계속되는 카톡을 무시하고 무작정 학교를 나섰다. 연습이 없어서 아버지가 오시지 않으니 오늘은 알아서 집으로 가야 했다. 버스 정류장을 향해 터덜터덜 걸어가면서 난생처음 드는 감정에 낯설었다. 이 세상에 혼자 남겨진 것만 같았고, NHL로 가는 꿈은 여기에서 좌초되는 듯했다. 외로움과 좌절은 늘 함께 오는 것이었다.
'이런 게 고독인가?'
안으로 침잠하면서 이렇게 깊게 생각을 해 본 적이 거의 없는 영광이었다. 문득 인간은 고독하고, 착하지도 않고, 강하지도 않고, 또 어리석은데다가 비참하기 짝이 없다는 생각이 들었다.
읽다 만 책이 가방 안에 있다는 생각이 문득 들어 꺼내 아무 쪽이나 펼쳤다.

문제를 크게 만드는 사람과 큰 문제를 안고 있는 사람 사이에는 아주 다른 세계가 있습니다. 때때로 돌이킬 수 없는 일들이 일어나기도 합니다. 예를 들면 심각한 질병, 장애, 혹은 사랑하는 사람의 죽음 같은 것들입니다. 이런 문제들은 인생에서 어려운 부분들입니다. 그러나 그것들 때문에 여러분이 멈춰야 한다는 뜻은 아닙니다. 여러분은 문제 풀이를 위해 도움이 되는 것에 도달하는 길, 아니면 좋은 것에 도달하는 길을 언제든지 찾을 수 있습니다. 레몬은 그냥 먹기에는 너무 신 과일입니다. 그러나 그 즙으로 맛있는 레모네이드를 만들 수 있습니다. 불완전한 물건으로 완전한 것을 만드는 것이지요.

그거였다. 영광에게 지금 필요한 구절은. 원하는 말을 책에서 읽게 되자 영광은 그동안 집이나 학교에서 흔하게 봐왔던 책들에 얼마나 놀라운 지혜들이 담겨 있을까 생각하게 됐다. 운동에 비유해 봐도 이 구절은 유효했다.

'나에게 레모네이드는 뭘까?'

아무리 생각해 봐도 영광에게 가장 유일한 선택은 운동이었다. 이걸 버리고는 다른 갈 길이 없었다. 선택해서 집중할 수 있는 일은 지금 하는 이 아이스하키뿐이었다. 마치 다른 길이 있는 것처럼 말들 하지만 그 새로운 길을 선택해서 집중한다는 건 다시 시작하는 것인 동시에 지금까지 해온 것들을 수포로 만드는 일임을 뼈아프게 깨달아야만 했다. 운동으로 맛있고 향기로운 레모네이드를 만들어야만 했다.

16. 인터넷 민원

그때 지나가던 버스에 쓰여 있는 노선표에서 주리가 다닌다는 학원이 있는 동네 이름이 눈에 띄었다. 중계동. 주리 생각이 불현듯 떠올랐다. 자신의 이야기라면 무엇이건 들어주고, 누나처럼 배려해 주는 아이. 이럴 때 필요한 건 바로 주리의 얼굴을 보는 거였다. 영광은 달려가 이제 막 출발하려는 버스에 올라탔다.

무작정 주리를 만나보고 싶었다. 학원가에 거의 다 도착할 때까지 카톡을 보내고 싶은 마음을 억눌렀다. 혹시라도 다른 일정이 있다고 하면 그 동네에 갈 일이 없어질 수 있었기 때문이었다. 설령 주리가 없더라도 그곳에 한번 가보고 싶었다. 공부하는 일반 학생들이라면 다 다닌다는 학원가. 하지만 영광은 마치 다른 세상에 온 것만 같았다.

버스에서 내리자마자 주리에게 카톡을 보냈다.

나 중계동에 왔는데 볼 수 있을까?

주리에게서 기다렸다는 듯이 바로 답 카톡이 왔다.

30분만 기다려
학원 수업 곧 끝나니까. ^^
안 그래도 줄 것도 있었어.

학원가 PC방에 가서 카톡으로 위치를 알려준 뒤 영광은 게임을 시작했다. 온라인 게임에 빠지니 30여 분의 시간은 금세 흘렀다.
"게임 더 할 거야?"
그때 막 PC방에 들어온 주리가 영광의 등을 쳤다.
"아, 아니. 나가자."
컴퓨터게임과 아이스하키는 비슷한 점이 있었다. 몰두하면 딴생각을 하지 못하게 되는 것이다. 주리는 나가는 대신 영광이 옆자리에 앉았다.
"뭐 먹을래?"
"아냐, 됐어."
"오늘 운동 안 해?"

"연습 없어. 주성이한테 못 들었어?"

"아니. 우리 사촌 지간이지만 자주 연락 안 해."

"그렇구나. 우리 학교에 지금 문제가 발생했어. 감독님이랑 코치님이 애들 때려서 애들 부모 중에 한 사람이 항의하고 난리가 났나 봐. 인터넷에 글까지 올렸대."

"아차, 내가 깜빡했어."

주리는 가방에서 뭔가를 꺼냈다.

"자 받아."

"이게 뭐야?"

주리가 준 건 뿌리는 파스 같은 모양을 하고 있었다.

"그거 내가 미국에서 가져온 건데, 쿨런트야."

"쿨런트?"

"응. 축구 선수들이 경기하다가 쓰러지면 다리에 뿌리잖아. 이거 그거야."

"파스랑 달라?"

"드라이아이스처럼 금세 차가워져. 운동하다 다치면 모세혈관이 터지는 수가 있대. 그럴 때는 핏줄을 빨리 수축시켜야 하는데 이걸로 그걸 식히는 거야. 갑자기 차가워져서 근육이랑 모세혈관을 긴장시켜 주거든."

"맞아, 나 이런 거 많이 봤어."

"이거 마취 기능도 약간 있어서 고통을 참고 계속 뛸 수 있대."

"낫는 건 아니잖아."

"응. 아파도 그냥 뛰게 해 주는 거야. 엉덩이 맞았다면서? 그럴 때 써도 좋아. 호호, 그나저나 정말 인터넷에 글 올렸대? 뭐라고 올렸는데?"

"몰라."

"인터넷에 올렸으면, 컴퓨터로 보면 되겠네."

둘은 남은 시간을 이용해 인터넷으로 글을 보기로 했다. 영진이 아버지의 글은 교육지원청 참여 마당 자유 게시판에 올라와 있었다.

안녕하십니까? 저는 성가고에서 아들에게 아이스하키를 시키는 학부모 김상진이라는 사람입니다.

저는 아이에게 스포츠의 정수를 맛보게 하려고 초등학교 때부터 운동을 시키고 있습니다. 건강하게 자라게 하는 것이 자녀 교육의 필수 조건이라고 생각하기 때문입니다.

그러나 지난 10월 25일 성적이 부진하다는 이유로 감독과 코치가 아이들을 집단 구타하는 일이 발생했습니다. 체육관 구석 아이스하키부실에서 발생한 폭력으로 우리 아들은 아이스하키 스틱으로 수십 차례 엉덩이와 허벅지를 맞았을 뿐만 아니라 감독과 코치의 개인적인 감정에 의해 얼굴 등에도 구타를 당해 전치 2주의 상해를 입었습니다.

신성한 학교에서 이러한 사태가 벌어진다는 것은 상상할 수도 없는 일입니다. 아무리 우리 사회가 적을 무찔러 이겨야만 살아남는 살벌한 구조라지만 어린 시절 학원 스포츠에서부터 승리를 강요하고 감독과 코치의 악감정이 벌인 이러한 행태를 좌시할 수 없어 글을 올립니다. 게다가 학생 인권 조례가 엄연한 요즘 이런 일이 벌어진다는 건 운동선수는 학생도 아니고, 인권도 없다는 뜻으로밖에 해석할 길이 없습니다. 이 글을 올림으로써 저와 우리 아이에게 어떠한 불이익이 올지 알 수 없지만 그러한 불이익을 감내하고서라도 이 기회에 잘못된 관행을 뿌리 뽑아야겠다는 생각입니다.

교육지원청에서는 이 사태를 엄히 다루시어 책임자를 처벌하시고 다시는 이러한 일이 발생하지 않도록 조처해 주시기 바랍니다.

내용을 다 읽은 주리가 눈살을 찌푸렸다.

"한국 운동부는 원래 좀 때리고 그런다며? 근데 이번엔 왜 이렇게 난리야?"

"이번엔 좀 많이 맞았거든."

"무슨 일로? 시합에서 졌다고? 시합에서 질 수도, 이길 수도 있는 거 아니야?"

"그, 그게……."

영광은 더 이상 말할 수가 없었다. 원인의 발단은 자신과 영진이의 갈등 때문이었고, 그 가운데에 주리가 있지 않은가. 너 때문에 맞았다고는 차마 말할 수가 없었다.

"너도 맞았어?"

"응. 나도 아직 맞은 데가 아파. 보여줄 순 없지만 엉덩이랑 허벅지가 팅팅 부었고, 멍도 시퍼렇게 들었어."

"아우!"

주리는 상상도 할 수 없다는 듯 인상을 찌푸렸다.

"할 수 없지 뭐. 운동하다 보면 그럴 수도 있는 거야."

"때리지 않아도 다 알아서 열심히 해야 하는 거 아냐? 열심히 안 해서 실력이 떨어지면 그거는 자기 책임이잖아. 왜 때려? 때린다고 돼?"

"한국은 안 그래. 나도 맞으면 정신이 좀 번쩍 들긴 해. 없던 힘도 좀 나고. 대충 하다가도 열심히 하게 되거든."

"자기를 위해서 하는 일인데 왜 열심히 안 하고 대충 해? 이해할 수가 없어."

"그런 게 있어."

영광은 주리의 말에 논리적으로 대응하기가 어려웠다. 주리의 말이 다 맞는데 왠지 우리 정서와는 어긋난 것 같았다.

"한국에서 운동하거나 공부하는 아이들은 대개 자기가 좋아서 하는 것 반, 부모가 원해서 하는 것 반이야."

"오 마이 갓!"

주리가 정색을 했다.

"왜 부모가 끼어들어? 내 인생이잖아. 안 그래도 나 이상했어. 내가 한국에 왔을 때 겪은 일인데. 내가 교회에 갔을 때 애들이 자기소개 하는데 정말 웃겼어."

"무슨 일 있었어?"

"한국은 자기소개를 왜 그렇게 해?"

주리가 한국에서 처음으로 교회를 간 건 미국식 사고방식 때문이었다. 미국 교포 사회에서는 교회가 사교 1순위 장소였고, 그곳에 나가야만 정보를 교환하고 이웃 간의 우애를 돈독히 할 수 있었다. 그래서 집에서 가까운 교회의 중고등부 예배에 나간 뒤 주리는 독서 모임에 참여했다. 책을 많이 읽을 수 있고, 그걸로 신앙의 힘도 기를 수 있어서 주리의 취미에 딱 맞았다.

"여러분, 미국에서 새로운 친구가 왔어요. 이름은 주리. 우리 교회에서 앞으로 예수님의 사랑 많이 받게 해 주세요. 주리, 자기소개 하세요."

청년 담당 전도사의 안내로 주리는 작은 공부방 앞으로 나아갔다.

"안녕하세요? 저는 김주리입니다. 영어 이름도 그냥 주리 킴이에요. 나이는 열여섯 살이고요. 미국 나이에요. 그리고 장래 꿈은 유엔에서 활동하는 겁니다. 앞으로 잘 부탁합니다."

그렇게 인사하자 여기저기서 손이 올라왔다. 독서 모임이어서인지 질문이 익숙한 듯했다.

"가족은 몇 명이에요?"

"어디에 살아요?"

그런 질문을 받자 주리의 얼굴이 굳었다.

"오, 그런 건 프라이빗한 질문들인데 왜 물어요?"

그 순간 공부방은 썰렁해졌다.

"오, 애들아. 주리는 미국에서 갓 왔어. 아직 한국 문화에 익숙하지가 않아. 나중에 친해지면 적응이 될 거야. 그러니까. 일단 너희 먼저 자기소개를 하도록 하자."

"그때 정말 웃겼어. 한국 애들 자기소개, 정말 이해할 수가 없어."

"뭐가?"

"가족이 몇 명이냐고 물은 아이는 자기소개 할 때 가족이 네 명인데 자기가 장남이라면서 자기는 원래 음악을 좋아하지만 아빠가 법대 가서 판검사 하라고 해서 아빠를 실망시킬 수가 없어 그냥 법대 가서 음악 할 거래. 어이가 없었어. 또 다른 애는 자기는 빌 게이츠 같은 위대한 CEO가 되어서는 우리나라 경제 발전에 이바지하고 통일을 할 때 기부를 많이 하겠다는 거야."

"그게 뭐 어때서?"

"직업은 자기가 하고 싶은 걸 정해야지. 왜 아빠 엄마가 원하는 걸 해? 그리고 돈 많이 벌면 자기가 좋은 거지, 왜 꼭 기부를 해야 해? 남을 위해 돈 버는 거야?"

"그럼 미국에서는 어떻게 하는데?"

"미국에서 자기소개 하라고 하면 취미, 특기, 자기가 원하는 거, 이런 걸 얘기하지, 가족이나 커뮤니티나 국가에 대해서는 아무도 말 안 해."

"……."

"야구나 풋볼 하는 아이들도 자기소개 하라고 하면 자기는 나중에 스타가 되어서 베벌리힐스에 저택 사서 살 거래. 그렇기 때문에 열심히 하는 거래."

"……."

"운동 안 하면 그런 저택에 못 사는 거지 뭐. 그러니까 정말 원하면 누가 시키지 않아도 죽기 살기로 한다고. 우리나라 애들은 공부를 자기 부모를 위해 하니까 재미가 없는 것 같아. 효도하려고 공부하거나 운동하는 거잖아."

톡톡 튀고 논리 정연한 주리의 말은 핵심을 찔렀다.

"네 말이 맞는 것 같아. 그 말 들으니까 내가 더 부끄러워. 열심히 안 해서."

"지금 우울한 거야?"

"응, 조금."

"좋아. 그럼 내가 맛있는 거 사 줄게. 내가 옛날에 책에서 읽었는데 기분이 우울하거나 불쾌할 때는 달콤한 걸 먹으래."

두 아이는 길가에 있는 아이스크림 가게로 들어갔다. 주리의 처방은 맞는 것 같았다. 아무리 우울하고 괴로워도, 혀끝을 감도는 다양한 맛의 아이스크림은 분명히 마음속까지 행복하게 만드는 효과가 있었다. 인간은 고독하고, 착하지도 않으며 강하지도 않고, 또 어리석은데다가 비참하기 짝이 없지만, 그런 고독을 이기면서 새로운 길을 찾아 앞으로 나아가야 한다는 생각이 들게 된 건 마법과도 같은 단 것의 조화였는지도 모른다. 자신이 원하는 걸 하는 것, 영광에게는 그것이 문제였다.

17. 확대되는 사건

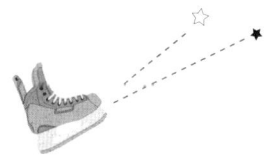

　며칠 지나자 부모들은 코치와 감독을 갈아 치워야 한다는 파와 그러지 말고 따끔하게 경고만 한 뒤 이대로 계속 가야 한다는 파로 확연히 나뉘었다. 학교 정문 앞 커피숍에서 열린 학부모 회의에서는 온갖 의견과 고성이 오고 갔다. 영진이 아버지도 마침내 거기에 나타나 입에 거품을 물고 자신의 주장을 펼쳤다.

　"교육이라는 게 뭡니까? 지덕체智德體를 발전시키는 거 아니겠습니까? 몸을 단련시키는 것도 중요한 요소 중 하납니다. 그런데 그런 소중한 몸을, 감독이라는 이유만으로 사정없이 때린다는 게 말이 됩니까? 폭력을 당연시하는 게 저는 말이 안 된다고 생각합니다. 맞아 가면서 금메달을 딴들 무슨 의미가 있고, 욕먹어 가면서 시상대에 오르는 게 무슨 영광입니까?"

영진이 아버지는 열변을 토했다. 그리고 영진이 엉덩이에 난 상처를 찍은 사진을 돌렸다. 아이스하키 스틱으로 맞은 부분은 심하게 부르터 있었다. 그걸 본 어머니들은 눈살을 찌푸렸다.

"아니 영진 아버님, 왜 그러세요. 여기 영광이 아버지는 가만히 있지 않습니까? 영광이도 똑같이 맞았다는데요."

감독과 코치를 옹호하는 철중이 어머니가 말했다.

"다른 아이가 맞았건 안 맞았건 저는 상관없습니다. 그리고 우리 영진이가 매를 맞게 된 것도 영광이 때문이라고 하던데요? 영광이가 패스를 주지 않는다고 둘이 서로 티격태격하는 바람에 둘 다 패배의 책임을 지고 맞은 거라고 들었습니다."

"아니 누가 그럽니까? 그건 다 헛소문입니다!"

영광이 아버지도 그 말엔 참다못해 일어났다.

"저도 잠깐 말씀을 드리겠습니다. 사춘기 아이들이 운동을 하고 넘치는 열정을 발산하다 보면 문제도 생길 수 있고, 실수도 할 수 있는 겁니다. 코치와 감독이 왜 있습니까? 그런 아이들을 제어하고 단합시켜서 공동의 목표를 향해 나아가자는 것 아닙니까. 그러는 과정에서 체벌도 가능하다고 생각합니다. 저희 아이가 잘못해서 맞은 것에 대해선 불만이 없습니다. 중요한 건 체벌을 했느냐 안 했느냐가 아니라, 우리가 다 같이 힘을 합쳐서 더욱 더 좋은 성적을 내고 공동의 목표를 향해 나아가도록 서로 배려하고 양보하는 거 아니겠습니까?"

영광이 아버지도 참았던 울분이 쏟아져 나왔는지 단숨에 말했다. 그러자 여기저기서 찬성과 반대 의견이 오갔다.

"아니, 그렇더라도 애를 때리면서까지 할 필요는 없지."

"무슨 소리예요, 잘못하면 맞아야지. 집에서도 내가 저 녀석 얼마나 패는데요."

여기저기서 부모들의 의견이 쏟아져 나왔다. 하지만 모든 토론과 논쟁이 그렇듯 서로 양보하지 않는 한 결코 화합하거나 공통된 의견이 나올 수 없었다. 오히려 반대 의견을 가진 사람은 박멸해야 할 원수처럼 느껴지는 법이었다.

"감독과 코치를 불러서 사과를 받읍시다."

"그럴 게 아니라 미온적인 태도를 보이는 교장한테 가서 먼저 따집시다!"

"맞아, 감독이 무슨 힘이 있어? 교장에게 사과를 받아야지. 학교 관리에 대한 책임이 있는데……."

부모들의 의견이 종합되자 학부모회 회장이 교장실로 전화를 걸었다. 잠시 후 교장은 감독, 코치와 연락이 됐으니 학부모들에게 교장실로 오라고 통보했다.

"자, 이제 교장 앞에서 감독과 코치의 이야기를 들어봅시다."

부모들은 우르르 교장실로 몰려갔다. 교장은 착잡한 표정으로 앉아 있었고, 그 옆에는 감독과 코치가 서 있었다. 교장실 문을 열고 들어선 영진이 아버지는 감독과 코치 얼굴을 보자 다시 치솟는 분을 참을 수 없었는지 숨을 빠르게 몰아쉬었다.

"자자, 앉으세요, 앉으세요. 흥분들 가라앉히시고."

교장은 아이들을 달래듯 부모들을 달래며 두 줄로 마주 보고 있는 소파에 앉혔다. 공교롭게도 창가 쪽으로는 감독 해임을 요구하는 부모들이, 그리고 안쪽으로는 감독을 옹호하는 부모들이 마주보고 앉게 됐다.

"자 여러분, 여기 감독을 불러왔습니다. 감독 이야기를 들어봅시다."

교장이 말했다. 감독은 고개를 숙인 채 부모들 앞으로 나왔다.

"학부모 여러분, 죄송합니다. 드릴 말씀이 없습니다. 교장 선생님께도 제가 모든 책임을 지겠다고 말씀을 드렸습니다. 하지만 이것만은 알아주십시오. 제가 개인적인 감정이 있어서 아이들을 때린 것은 아닙니다. 저 역시도 운동할 때 맞아 가면서 했고, 그러면 당장은 아프지만 그러한 기억이 선수들의 성장을 유발하고 또한 앞으로의 플레이에 자극이 되는 효과가 있어서……."

그 순간이었다.

"뭐야?"

고함과 함께 무언가가 감독 얼굴 옆으로 휙 비켜 나가 저만치 바닥에 떨어져서 쨍그랑 소리를 냈다. 영진이 아버지가 집어 던진 유리컵이 깨진 거였다.

"아니 영진이 아버님, 왜 이러십니까? 그래도 아직은 감독이신데, 이렇게 컵을 던지시면 어떻게 합니까?"

교장이 깜짝 놀라 제지했다.

"뭐? 우리 아들 때린 게 교육이라고? 맞아야 한다고? 자, 내가 컵 던지니까 기분이 좋아? 나쁘지? 말로 안 하고 폭력 쓰면 그런 거야!"

영진이 아버지는 흥분해서 날뛰었다.

"죄송합니다."

"자자, 흥분을 가라앉히세요. 중요한 건 지금 이 문제를 어떻게 해결할 것인가 아니겠습니까?"

교장은 분위기를 가라앉히려 무던히도 애를 썼다.

"자, 감독 얘기를 마저 좀 들어봅시다."

감독은 계속 이야기를 했다.

"아무튼 제 부덕한 소치로 이런 사태가 벌어진 것에 대해 죄송하게 생각합니다. 부모님들께서, 그리고 교장 선생님께서 사표를 내라고 하시면 팀을 떠나겠습니다. 하지만 만에 하나 기회를 주신다면, 이번엔 정말 조심하고 잘해서 아이들을 바른 길로 이끌도록 하겠습니다."

"저런 뻔뻔한……"

"뭐 기회를 줘?"

"자자, 흥분하지 말고 끝까지 들어봅시다."

부모들은 저마다 한마디씩 했다. 이대로 놔두면 언제 끝날지 모를 지경이었다. 감독과 코치를 용서하면 감독을 해임하자는 부모들이 가만 안 있을 분위기였고, 반대로 그들을 해임하면 옹호하는 부모들이 길길이 뛸 판이었다.

18. 방송 보도

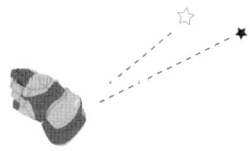

그때였다. 갑자기 복도가 시끄러워졌다.

"여보세요, 들어가면 안 된다고요. 아, 왜들 이러세요!"

문이 벌컥 열리며 갑자기 방송국 카메라가 나타났다. 교장이 깜짝 놀라 일어섰다.

"아니 무슨 일입니까?"

"아, 저희는 MBS 방송국에서 왔습니다. 여기 학생들을 구타하는 팀이 있다고 해서 제보를 받고 왔습니다."

기자와 카메라맨이 마치 점령군처럼 들이닥치며 말했다. 교장실 안에 있던 사람들은 모두 당황했다.

"아니, 누가 들여보냈어? 나가요, 나가!"

부모들은 모두 당황하면서 그들을 밀어내려 했다. 교장도 어쩔 줄 몰라 허둥댔다.

"취재 허락도 하지 않았는데 이렇게 들이닥치면 어떡합니까? 방송국이면 이렇게 횡포를 부려도 되는 겁니까?"

교장실은 온통 아수라장이 됐다. 학교 기사들이 와서 간신히 기자들을 쫓아냈다. 학부모들 간의 대화는 그렇게 해서 끝이 나고 말았다. 교장실을 나온 부모들은 양쪽으로 갈라져서 따로 모여 회의를 했다. 감독을 옹호하는 쪽 부모들은 흥분이 극에 달했다.

"아니, 자기 아들만 귀한가? 방송국에까지 제보해서 학교 망신을 주면 어쩌자는 거야? 우리 애들은 운동 안 해?"

어머니들은 흥분해서 얼굴까지 벌게졌다.

"정말 너무하네. 다 같이 죽자는 얘기 아냐? 학교 내에서 해결해야 할 일을 왜 외부에 내보내 일을 크게 하는 거야?"

방송이 돼 사건이 불거지면 그것은 부모들 손을 떠나게 된다. 그걸 잘 알기에 누가 제보했는지도 모르는 상황에서 부모들은 영진이 아버지를 비난했다. 영광이 아버지는 할 말이 없었다. 이렇게 커진 사건의 1차 연루자가 영광이었기 때문이다.

한편 그 시간, 감독 해임파 부모들은 체육관 앞에서 방송국 기자와 인터뷰를 하고 있었다.

"자, 사태에 대해서 이야기 좀 해 주시지요."

기자가 카메라를 들이대자 영진이 아버지는 애써 흥분을 가라앉히며 말했다.

"아직도 학교 내에서 폭력이 난무하고 있다는 것에 크게 실망했습니다. 우리 아이가 맞아서 이렇게 화를 내는 것이 아닙니다. 이런 식으로 해서는 한국 스포츠가 질적으로 발전할 수 없습니다."

기자는 구타를 반대하는 부모들과 인터뷰를 한 뒤 카메라를 보며 멘트를 했다.

"이곳은 최근 아이스하키부에서 발생한 폭력 사태로 문제가 되고 있는 모 고등학교입니다. 지금 폭력에 반대하는 부모들의 입장을 들어봤고 반대로 폭력을 어느 정도 용인할 수 있다는 부모들의 입장도 들어보도록 하겠습니다."

방송 카메라와 기자들은 인터뷰가 끝난 뒤 영광이 아버지와 다른 부모들이 모여 있는 카페로 찾아왔다.

"저기요, 저희 MBS에서 왔습니다. 인터뷰 부탁합니다."

그러자 영광이 아버지가 앞에 나서서 이야기했다.

"저는 이번에 맞은 애의 아빕니다. 하지만 저는 이렇게 생각합니다. 물론 아이들을 때리고 폭력을 행사한 것은 잘못이지만……."

그때 명식이 아버지가 나서서 만류했다.

"영광이 아버지, 인터뷰하지 마세요."

"아, 왜요? 우리도 할 말은 해야죠."

"아닙니다. 저거 다 편집하고 잘라서 방송사 멋대로 할 수도 있어요. 그러면 우리 뜻이 왜곡됩니다. 인터뷰에 일체 응하지 마세요. 맘대로 취재하라고 하세요. 그러면 학교 명예만 더 럽히는 겁니다."

명식이 아버지는 자신의 형이 대학교수인데, 학교에 문제가 발생하자 방송국에서 와서 인터뷰했다는 거였다. 그때 자신의 형이 소신껏 발언했지만 방송국에서는 정작 중요한 말은 빼고 편집을 해서 그의 의도와는 정반대로 방송을 내보내는 바람에 큰 곤욕을 치른 적이 있다고 흥분하며 말했다. 뒤늦게 교장이 교감과 함께 방송국 기자들을 찾아왔다. 최대한 사태를 수습해야겠다고 생각한 것이다.

"자자, 기자 양반들. 잠깐 교장실로 오십시오. 제가 모든 정황을 이야기하고 취재에 협조해 드릴 테니까, 이쪽으로 좀 와 주세요."

기자들은 결국 교장을 따라 교장실로 들어갔다. 부모들은 일이 일파만파로 퍼지는 것이 걱정되었지만, 교장이 알아서 해결하리라 믿고 모두 흩어져 집으로 돌아갔다.

하지만 며칠 뒤 사건은 해결되기는커녕 오히려 더욱 크게 번졌다. 주말 텔레비전 뉴스에 '학교 폭력 사태'라고 해서 다른 학교의 사례들과 함께 성가고 아이스하키부의 폭력 사건이 소개됐다.

집에서 텔레비전을 보고 있던 영광의 마음은 찢어지는 것 같았다. 한 고등학교 수영부 선수가 코치의 폭행 때문에 자살했다는 내용에 이어 성가고 아이스하키부에 대해 보도되고 있었다. 기자는 마지막 멘트를 했다.

"아이들을 때려야 성적이 오른다는 성적 위주의 사고방식이 이런 사태를 불러일으켰습니다. 체육회의 선수 보호, 교육부의 학교 체육 정상화 노력, 폭력 지도자에 대한 일벌백계가 필요할 때입니다. 이런 제도와 방안들이 제대로 시행되기 위해서는 감시와 감독, 관리가 잘 되어야 함은 물론이고, 언론을 비롯해 국민이 눈을 부릅뜨고 지켜봐야 합니다. 하루빨리 우리 학원 스포츠도 학생들의 신체 발달과 건강한 인격자로 성장하는 데 기여할 수 있는 운동으로 거듭나야 하겠습니다. MBS 뉴스, 김태민입니다."

아버지는 텔레비전을 껐다. 영광은 아무 말도 할 수 없었다. 어른들 사이에서 이처럼 크나큰 의견 차이가 생기고 큰 싸움이 될 줄은 몰랐던 것이다. 작은 데서 출발한 문제가 점점 엉뚱한 방향으로 걷잡을 수 없이 커지고 있었다. 이 세상의 어느 개인이건 집단이건 잘못을 저지르고 문제를 일으키지 않는 존재는 없다. 그러나 진짜 문제는 그 잘못을 고칠 수 있느냐 없느냐인데, 이렇게 커지면 고치는 일도 점점 힘들어지기에 불안해지는 거였다.

19. 시련

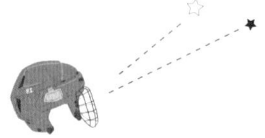

며칠 뒤 감독은 선수들을 모아 놓고 말했다.

"얘들아, 그동안 너희들한테 고마웠다. 이번 사태에 대한 모든 책임을 지고 팀을 떠나기로 했다. 앞으로도 최선을 다해 열심히 하기 바란다."

감독과 코치는 결국 물러났다. 교육지원청 감사까지 받았으니 누군가가 책임을 져야만 했기 때문이다. 새로운 감독이 올 때까지 아이들은 아무 대책도 없이 자체적으로 연습해야 했다.

감독과 코치가 떠나니 사건은 어찌 됐건 점차 잊혀져 가고 있었다. 부모들 사이에 생겼던 앙금도 조금씩이나마 사라지고 있었다. 하지만 이 일로 인해 생긴 피해는 여전히 선수들의 발목을 잡았다. 보름이 넘도록 새 감독과 코치를 구하지 못해 연습도 제대로 하지 못했다. 겨울방학 때 동계 훈련을 성실히 해야 새해에도 좋은 성적을 올릴 수 있기 때문에 하루빨리 코칭 스태프를 선임해야 했다.

부모들은 사방으로 감독과 코치를 구하려 애썼다. 선배들에게 연락하기도 하고, 온갖 인맥을 동원해서 아이스하키 지도 경험이 있는 감독을 찾으려 애썼다. 그러나 학교 폭력 문제로 방송에까지 나온 학교에 오려는 사람은 아무도 없었다. 감독과 코치 자리가 공백으로 있는 기간 동안 아이들은 사교육에 의존할 수밖에 없었다. 학교에서는 각자 기초 체력만 다지고 남는 시간에 부족한 부분들을 임시 코치를 초빙해 보강하고 있었던 것이다.

하지만 정작 큰 문제는 아이들 사이의 갈등이었다. 어느 날 주장인 명식이가 아이들을 불러 모았다.

"다 모여 봐."

모두 편안하게 자리에 앉자 주장은 말했다.

"이번 일 때문에 우리 감독님이랑 코치님이 다 관두셨다. 내가 생각할 때 어른들은 우리가 맞은 거에만 신경 쓰는데, 나는 우선 그 원인이 뭔지 따져 봐야 한다고 생각한다."

원인 얘기가 나오자 영광은 고개를 더 숙였다.

"영진이, 너는 그때 왜 영광이에게 패스하지 않았던 거야?"

"형, 그 얘기는 끝났잖아. 안 보였다고. 못 봤다고!"

영진이가 애써 극구 부인했다.

"내가 들은 건 그게 아닌데?"

"무슨 소리야?"

"계집애 때문이라며?"

영광은 슬쩍 고개를 들어 명식이의 눈치를 살폈다. 하지만 영진이는 펄쩍 뛰었다.

"아니야! 그런 거 아냐. 그렇지 않다고."

"영진이 너, 그리고 영광이. 계집애 하나 때문에 서로 시기하고 질투하는 거잖아? 나도 그 계집애 봤어."

계집애라고 하는 말에 영진이가 발끈했다

"주리보고 계집애라니! 형, 그런 식으로 말하지 마. 내가 좋아하는 애라고!"

"뭐? 이 자식이 어디서 소리를 질러!"

이번엔 영광이 퉁겨져 올라 영진이에게 달려들었다.

"이 자식이, 네가 주리를 좋아한다고?"

"어, 이 자식들이!"

눈 깜박할 사이에 둘이 뒤엉키자 다른 아이들이 달려들어 뜯어말렸다.

"야야! 이러지 마!"

"이 자식들 자기들끼리 연애질하느라고 우리 팀 말아먹은 거 아냐!"

2, 3학년 형들이 모두 인상을 썼다. 듣고 보니 맞는 말이어

서 영광도 할 말이 없었다. 하지만 한편으론 억울했다.

"형, 내가 먼저 주리랑 사귀었어요. 주성이한테 물어봐요. 근데 저 새끼가 괜히 그러는 거예요."

"뭐? 네가 결혼이라도 했냐? 나는 사귀면 왜 안 돼?"

다시 으르렁대는 두 아이에게 명식이가 큰소리를 쳤다.

"조용히 해! 하여간 여자가 껴서 제대로 되는 일이 없다니까! 앞으로 하키장에 계집애들 들어오지 못하게 해! 알았어?"

엄명이 떨어졌다. 사실 빙상장에는 여학생들이 많이 찾아오곤 했다. 아이스하키가 그만큼 남성적이고 여자애들에게 인기가 있는 스포츠였기 때문이다. 가끔 대학생 선배들이 시합하는 걸 보면 예쁘고 늘씬한 여자 친구들이 응원하는 걸 볼 수 있었다.

그렇지만 이렇게 엄명이 내려지고 나니 다른 아이들의 불만이 불거졌다. 대놓고 말은 안 했지만 영진이와 영광이 때문에 자신들이 피해를 본다는 내색을 했다.

"야, 너희 너무하는 거 아냐?"

"뭐냐, 이거 우리까지. 너희 때문에."

아이들의 지청구는 이내 두 아이와 거리를 멀리하는 것으로 나타났다. 팀플레이가 중요한 아이스하키에서 팀 내 불화는 전력 약화로 이어지는 것이기에 다른 팀에 비해 전적으로 불리했다.

그 일 이후로 두 아이는 서서히 왕따가 되어 가고 있었다. 누군가에게 말을 걸어도 아무도 대답을 안 해 주는 일이 잦아졌다. 둘 때문에 아이스하키팀이 이 꼴이 됐다는 인식이 깊어진 것이다. 영광과 영진이는 팀에서 고립된 섬이 되어 가고 있었다. 팀워크가 중요한 단체 경기에서 팀 내에서 받아들여지지 않는 선수의 운명은 딱 하나, 결국 도태밖에 없었다.

20. 어이없는 주리

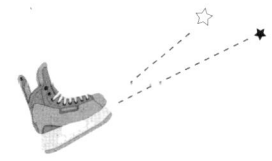

영광에게 카톡이 왔다. 주리였다.

뭐 해?

나 아이스하키 관두고 싶어.

무슨 소리야? 그럼 안 돼.
나 지금 학원인데 나올 수 있어?

초저녁이었다. 영광은 주리라도 만나 마음의 위안을 얻고 싶었다. 겉옷을 걸치고 주리가 다니는 학원 앞으로 찾아갔다. 주리는 미주와 함께 나와 있었다.

"영광아, 오랜만이야."

미주가 말했다.

"그럼 나 먼저 갈게."

"응, 미주야. 안녕."

주리가 미리 말해 놓았는지 미주는 바로 자리를 피했다. 두 아이는 가로등 불빛을 받으며 인적이 드문 거리를 걸었다.

"학꼰 아직도 그래? 안 그래도 주성이한테 얘기 들었어. 부모님들이 패가 갈렸다며?"

"글쎄 말이야."

그 생각을 하자 영광의 눈에서는 눈물이 나려고 했다.

"왜, 왜 그래?"

영광이 운동에 모든 것을 바치고 아이스하키를 위해서 최선을 다한다는 사실을 잘 아는 주리로서는 문제가 복잡해지는 모습을 지켜보는 영광의 심정이 어떨지 짐작할 수 있었다.

"나 아이스하키 관두려고…… 아빠한테도 그러겠다고 말했어."

주리는 그 말을 듣자 깜짝 놀랐다.

"그러지 마, 영광아. 아이스하키를 왜 관둬."

"하지만…… 이렇게까지 하면서 아이스하키 하긴 싫어."

"그렇게 생각하지 마. 네가 제일 잘하는 게 아이스하키잖아. 그리고 그렇게 쉽게 관둘 거면 뭐하러 시작했어. 그럼 나도 시험 성적 한 번 떨어진 거 가지고 공부 관둬야겠네?"

"그거랑은 좀 달라. 이젠 아이스하키 자체가 정나미가 떨어져."

"하다 보면 이런 일도 저런 일도 있는 거야. 용기를 내."

"용기를 내서 될 문제가 아니라고."

영광은 자기가 아이스하키팀 내에서 따돌림을 당하고 있다고 말했다. 그리고 그 사건의 중심에 주리가 있었음도 밝혔다.

"어머, 그런 일이 있었구나. 몰랐어. 그런데 정말 영진이가 나랑 네가 친구 사이여서 그걸 질투한 거란 말이야?"

주리는 당황해서 물었다.

"그런 것 같아."

"어머, 말도 안 돼."

주리는 더 이상 할 말이 없었다. 자기 의사와 상관없이 남자들끼리 벌인 일이니 더더욱 어이가 없었던 것이다.

"주리야, 너 나한테 솔직히 말해 줘."

"뭘?"

"너, 나 몰래 영진이랑 만나거나 좋아했어?"

"뭐? 뭐라고?"

주리는 어처구니가 없었다. 영광인 아무리 봐도 질투에 눈이 먼 것만 같았다.

"너 날 뭐로 보고 그래? 내가 그런 앤 줄 알아? 하긴, 영광이 네가 내 애인도 아니니까 누굴 만나든 내 마음이지."

"저, 정말!"

영광도 화가 치솟았다.

"너 정말 영진이가 좋아하게 만들었구나. 그래서 일이 이렇게 된 거잖아."

영광은 영진이와 주리 사이에 무슨 일이 있었을까를 생각하니 눈이 뒤집힐 것만 같았다. 이대로 그냥 둘 수 없었다. 영진이가 눈앞에 있다면 쫓아가서 실컷 두들겨 패고 싶었다.

"만나자고 오는 걸 그럼 쫓아내니? 너희 정말 왜 그래? 나 힘든 건 모르고."

"네가 힘들긴 뭐가 힘들어! 내가 힘들지."

"한국 애들은 다 이기적이야. 너나 영진이나!"

주리는 분하다는 듯 입술을 깨물더니 그만 울음을 터뜨렸다.

"흑흑!"

그걸 본 영광은 당황하지 않을 수 없었다.

"야, 왜 그래?"

주리는 한동안 눈물을 흘리며 어깨를 들썩였다. 여자가 울면 마음이 약해지는 영광이었다. 주리는 한동안 흐느끼다 고개를 들었다.

"나도 너처럼 뭐든 관둘 수 있으면 좋겠어."

"그게 무슨 소리야?"

"뭐든 맘에 안 들면 관둘 수 있다면 얼마나 좋아."

주리는 흐느낌을 멈춘 뒤 조심스럽게 자신의 이야기를 털어놓았다.

"우리 아빠는 미국에서 부동산 경기가 한창 좋을 때 집을 사셨어."

미국에서는 돈이 없어도 집 살 때 아무 문제가 없었다. 경제 활동만 하면 은행에서 얼마든지 돈을 빌려주었기 때문이다. 그래서 자기 돈 한 푼 없이도 집을 살 수 있었다.

그러나 그것은 오래가지 못했다. 2008년 서브 프라임 모기지 사태가 터지면서 세계 경기가 위기에 빠지고, 주리네 집도 그 영향에서 벗어나지 못했다. 집세를 내지 못하게 되고 급기야는 집을 포기해야만 했다. 하던 사업도 다 망하고 도저히 살 수 있는 방법이 없었다. 결국 한국으로 다시 돌아올 것을 결심한 주리 아버지가 가장 걱정한 것은 주리였다.

"주리야. 한국은 미국과 아주 달라. 공부도 많이 해야 하고, 대학 가기도 어려워. 그렇지만 이대로 미국에 살 수는 없게 되었구나."

주리는 자신보다 아버지와 어머니를 먼저 생각했다. 그래서 애써 밝은 표정으로 말했다.

"아빠, 걱정하지 마세요. 한국 가면 예쁜 옷도 많고요. 나 안 그래도 교복이 꼭 입어보고 싶었어요."

그렇게 해서 한국으로 전학을 오게 되었지만 한국식 교육에 적응하기란 쉽지 않았다. 영어는 잘하지만 다른 과목은 따라갈 수가 없었다. 그래서 성적도 엉망이었다. 유일하게 기댈 것은 영어 능력으로 대학을 가야겠다는 희망뿐이었다.

"나 지금이라도 미국에 가서 친구도 만나고, 자유롭게 공부도 하고 싶어. 그런데 그렇게 할 수 없잖아. 지금 한국에서 사는 거 관둘 수 없잖아. 그래서 너무 속상해. 너는 운동 맘대로 관둔다고? 정말 좋겠다. 정말 좋겠어. 내가 여기 와서 얼마나 힘들게 적응하고 있는데. 정말 힘들지만 내색 하나 못 하는 내 마음 너는 알아?"

영광은 할 말이 없었다. 자칫 잘못하면 주리가 또 울음보를 터뜨릴 것만 같았다.

"그리고 뭐 나를 놓고 싸워? 너희가 뭐 내 애인이야? 정말 웃겨. 나는 지금 꿈도 못 정하고 뭘 해야 할지도 모르겠는데……. 영진이가 자꾸 만나자고 연락하는데 내가 무조건 싫다고 하면서 피할 이유는 없잖아. 그래서 좀 만났어. 왜? 그게 잘못이야?"

주리가 쏘아붙인 뒤 걸음을 빨리해 가 버린 뒤에도 영광은 한참 동안 어두운 밤거리에 서서 정신을 놓고 있어야만 했다. 이 모든 상황의 원인 제공은 영진이었다. 영진이를 손봐야만 했다.

21. 팀을 해체하라

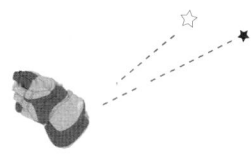

영광과 영진이 문제에 실마리를 제공한 사람은 뜻밖에도 영진이 아버지였다.

방학을 며칠 앞둔 어느 날, 영진이 아버지는 곧바로 교장실로 찾아가 교장과 마주하고 앉았다

"영진이 아버님, 어쩐 일이십니까?"

교장은 영진이 아버지를 보자 얼굴이 굳어졌다.

"선생님, 아십니까?"

"무슨 말씀이신지요?"

"우리 아들이 지금 팀 내에서 왕따를 당하고 있습니다!"

"아, 아니, 왕따요?"

교장은 가슴이 덜컥 내려앉았다. 또 아이스하키팀이 말썽인가 싶었다.

"아이들끼리 모여 앉아서 누구 때문에 이런 일이 벌어졌나 따졌던 모양인데, 우리 아들이랑 영광이가 서로 패스를 하지 않은 게 여자 문제였답니다. 그래서 아이들이 더 이상은 자기들 사이에 끼워 주지도 않고 왕따를 시키고 있다더군요."

"그래요? 저는 전혀 모르는 이야긴데요. 아이스하키 팀원들은 서로 사이가 좋지 않은가요? 그리고 여자 문제라니, 도대체 무슨 말씀이신지요?"

"긴말 필요 없어요. 우리 아들을 왕따 시키는 아이들을 다 처벌할 수도 없고, 그렇다고 그놈들한테 사정해 가면서 친하게 지내라고 하기도 싫고요."

"영진이 아버님, 진정하십시오. 학교 다니면서 아이들이 그럴 수도 있죠. 제가 진상 파악을 해 보겠습니다."

"아닙니다. 필요 없습니다. 우리 아이 성가고 그만 다니게 하겠습니다. 전학시켜 주십시오."

"저, 전학요?"

"네. 다른 학교로 가겠습니다. 학교가 성가고밖에 없는 것도 아니고……."

영진이 아버지의 단호한 태도에 교장은 난감해 했다.

"아이스하키 규정상 전학은 할 수 없습니다. 아시잖아요."

아이스하키 선수들은 다른 학교로 전학 갈 수가 없었다. 팀에서 놔줄 수 있는 근거가 없었기 때문이다. 만일 그것이 허용

된다면 명문 학교에서 실력이 뛰어난 아이들을 모조리 스카우트해 버릴 수가 있었기에, 전력이 약한 학교는 영원히 약자가 되고 강한 학교는 평생 강자로 군림할 위험이 있었다. 그걸 방지하기 위해 만든 규정이었다.

아이스하키팀 선수들은 학교 운동장에서 러닝으로 기초 체력을 다지고 있었다. 다른 아이들이 무리 지어 뛸 때 영광이만 혼자 뒤에 처져서 뛰고 있었다. 왕따를 당하고 있었기 때문에 차라리 그렇게 뒤에 처져서 가는 게 마음 편했다. 새로운 코치진이 영입되어 올 것이라는 소문도 있었지만 아직 결정이 되지 않았는지 모습을 드러내진 않았다.

그때 운동장 입구에 낯익은 차가 들어왔다.

"영광아!"

부르는 소리에 고개를 돌려보니 아버지였다. 집에 돌아갈 시간도 아닌데 웬일인가 싶었다.

"교장 선생님 만나고 올 테니까 운동하고 있어라."

아버지는 차를 주차장으로 몰고 들어갔다. 무슨 일로 갑자기 학교에 불려 왔는지 영광은 짐작도 할 수 없었다.

러닝을 끝내고 체육관으로 들어가 웨이트트레이닝을 하고 있을 때였다. 아버지가 체육관 입구에 서 있었다.

"영광아, 잠깐 얘기 좀 할까?"

"네."

영광이 아버지가 나타나자 아이들은 비실비실 인사를 했다.

"안녕하세요?"

"그래, 열심히들 하는구나. 새로운 코치 선생님 모셔 오려고 애쓰고 있으니까 당분간만 고생들 해라."

아버지는 씁쓸한 얼굴로 아이들을 다독인 뒤 영광과 함께 밖으로 나왔다. 체육관 옆 자전거 보관소 부근에 쭈그리고 앉아서 아버지는 한숨부터 내쉬었다. 요즘 들어 부쩍 늙은 것 같은 아버지 모습에 영광은 안쓰러웠다. 초겨울의 찬바람까지 불어오니 더더욱 스산한 마음이 됐다.

"무슨 일로 교장 선생님 만나셨어요?"

아버지는 다시 한숨을 내쉰 뒤 말했다.

"영광아, 너 아까 보니까 아이들하고 같이 안 뛰고 뒤에 처져서 뛰더라. 너 달리기 잘하잖아?"

아버지의 눈치를 보니 말 안 해도 다 알고 있는 것 같았다.

"너 왕따 당한다면서?"

"어, 어떻게 아셨어요?"

"교장 선생님하고 면담하는데 말씀하시더라. 너하고 영진이가 아이스하키팀에서 왕따여서 섞이지 못한다며? 여학생 때문이라는데, 그 여학생 누구야?"

한참을 머뭇거리다 영광은 모든 걸 다 털어놓았다. 주리를 만난 일에서부터 영진이와의 삼각관계까지.

"그래. 네 나이에 여자 친구가 없으라는 법은 없지."

아버지는 고개를 끄덕였다. 사춘기 청소년이 건전한 이성 교제를 하는 것은 결코 나쁜 게 아니었기 때문이다.

"어떤 애니?"

"주성이 사촌 동생인데 공부도 잘하고요. 영어도 잘해요."

"그래, 똑똑한 여학생인 것 같구나."

"저 만나면 열심히 하라고 격려도 해 주곤 해요."

"근데 그 아이를 영진이도 좋아하는 게 사실이냐?"

"그런 것 같아요. 걔가 사귀어도 되냐고 물어봤는데 제가 사귀지 말라고 그랬거든요. 내가 사귀겠다고……. 그랬더니 기분이 나빴나 봐요."

"이 자식아, 하라는 운동이나 열심히 하지, 무슨 여자 문제 가지고……."

아버지는 영광의 어깨를 툭 쳤다

"너희 때문에 지금 교장 선생님께서 난감해 하시더라."

"왜요?"

"영진이 아버지가 와서 영진이를 딴 학교로 전학 보내겠다고 그랬대."

"저, 전학요? 형들이 그러는데 아이스하키팀은 한 번 들어가면 딴 학교로 못 간다던데요?"

영광은 의외의 사태에 어안이 벙벙했다.

"그래. 규정이 그렇게 되어 있긴 하지. 그런데 영진이 아버지가 규정을 찾아왔더라고. 팀을 해체하면 전학 갈 수 있대."

"팀을 해체해요?"

"그래. 교장 선생님은 차라리 아이스하키팀을 해체해서 너랑 영진이를 원하는 학교로 보내 주고 다시 팀을 꾸리시겠단다. 새로운 마음으로⋯⋯."

충격이었다. 다른 학교로 전학 간다는 것은 단 한 번도 생각해 본 적이 없는 영광이로서는 갑자기 이런 상황이 벌어지자 머리가 띵할 뿐이었다. 게다가 단지 자신과 영진이 때문에 팀을 해체하려 하다니. 그야말로 청천벽력과도 같았다.

"⋯⋯ 생각 좀 해 볼게요."

"네가 원한다면 딴 학교로 가도 좋아. 하지만 다른 학교에도 소문이 다 나 있을 거 아니냐? 이 아이스하키가 워낙 판이 좁아서. 그래서 교장 선생님께 시간을 달라고 그랬다. 어쨌든 학교에 폐를 끼쳤고, 선생님들께 폭력 사건으로 심려를 끼쳤으니 말이다. 아까 정말 교장 선생님 보기 송구하더라."

영광도 더 이상 할 말이 없었다.

"형들한텐 아직 말하지 말고 잘 생각해 봐."

아버지는 다시 일하러 갔다. 영광이 머리에 새로운 고민거리가 생겼다. 천천히 걸음을 옮겨 체육관으로 돌아오면서, 영광은 만일 전학을 간다면 어느 학교로 가야 할까 고민했다.

22. 주말에 만난 어머니

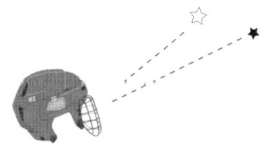

　외가에 간 어머니에게서 전화가 왔다. 주말에 한번 만나자는 거였다. 어머니는 아버지와 사이가 틀어지고 집을 나간 뒤 돌아오지 않고 있었다. 어른들이 말하는 '별거'라는 게 무엇인지를 영광은 실감하고 있었다.
　아버지와 둘이서만 생활하자 집안은 점점 엉망이 되어 갔다. 치운다고 치워도 깔끔하게 정리가 되지 않았다. 아버지는 사업을 시작한 뒤로 일상의 리듬이 다 깨져서 생활 습관이 나빠졌다. 밥은 주로 시켜 먹거나 밖에서 사 먹곤 했다. 그래서 주말이면 집안에 쌓여 있는 피자 포장지나 치킨 포장지, 혹은 족발 포장지를 묶어서 분리수거하는 것도 일이었다.
　어머니는 학교 앞 빵집에 모습을 나타냈다.
　"영광아, 오랜만이네."

"응, 엄마 잘 지내지?"

"그럼. 잘 지내고 있어."

하지만 어머니 얼굴은 그렇게 편해 보이진 않았다. 여전히 고생하고 있는 듯했다.

어머니는 친정으로 돌아가 외할머니와 함께 지내고 있었다.

"외할머니는 건강하셔?"

"응. 만날 너 보고 싶다 그러셔. 요즘 너희 외할머니, 병원 다니느라 바쁘시지. 엄마도 일하랴, 할머니 돌보랴 정신 없고."

어머니가 사 주는 빵을 먹으며 영광은 고개를 숙이고 있었다.

"요즘 학교에선 별일 없니? 코치는 새로 왔어?"

"아직."

"연습 못 해서 어떡하니?"

"우리끼리 하고 있어. 아직 시합이 없어서."

어머니는 잠시 말이 없다가 다시 이야기를 시작했다.

"영광아, 미안한데, 엄마는 지금 아빠랑 같이 살 마음이 없다."

올 것이 왔다. 영광은 말없이 빵만 먹었다. 그냥 서로 조금씩 양보하면서 살면 되지 않을까 하는 생각이 들었다. 그렇게 생각하니 목이 메었다. 하지만 일단 어머니 이야기를 더 들어 보기로 했다.

"그냥 너희 아빠 보조하고 너 뒷바라지하며 살려고 그랬는데, 그러다 보니 엄마 인생이 너무 없어. 직장 생활 하면서 보람으로 남는 게 없더구나. 다 엄마가 못난 탓이야. 내 팔자가 안 좋아서 그런 거야."

또 어머니는 자기 무덤을 파고 있었다. 늘 이런 식이었다.

"엄마, 왜 그렇게만 생각해. 엄마는 지극히 정상인데. 아빠가 돈을 잘 못 벌긴 하지만 그래도 우리 가족은 행복했잖아."

말을 하려다 보니 목에서 울컥하며 목소리가 떨려 왔다.

"그래, 엄마도 노력해 봤어. 근데 너희 아빠는 도저히 안 돼. 너희 아빠는 그저 너밖에 모르고 자기 일밖에 모르잖아. 엄마도 일하고 지쳐서 집에 들어오면 아빠한테 위로도 받고 싶고 사랑도 받고 싶다고. 그런데 너희 아빠는 그런 것도 안 해 주고 오히려 엄마한테만 위로받으려고 했어."

"하지만 엄마, 아빠도 불쌍해. 아빠랑 내가 지금 어떻게 사는지 알아? 우리 밤마다 라면 끓여 먹고 피자나 시켜 먹는단 말야. 나도 엄마가 해 주는 김치찌개 같은 거 먹고 싶어. 딴 집 애들은 엄마 아빠가 열심히 뒷바라지해 주는데 난 이게 뭐야? 암만 아이스하키 잘하면 뭐해, 엄마랑 아빠 사이가 안 좋은데. 엄마, 아빠를 좀 이해해 주면 안 돼?"

영광이로서는 당연한 말만 했다. 하지만 어머니는 그 말에 또다시 흥분하기 시작했다.

"무슨 이해? 더 이상 어떻게 이해하란 말이니? 네 아빠한테야말로 날 좀 이해해 달라 그래 봐라. 너도 남자라고 아빠 편드는 거니? 정말 너희 김 씨 종자들, 지긋지긋해!"

어머니는 또다시 화를 냈다. 왜 만나자고 한 건지 알 수가 없을 지경이었다. 어머니의 눈에서 불똥이 튀어 오를 것만 같았다. 영광은 괜히 아버지를 옹호하고 나섰던 자기가 잘못했다는 생각이 들었다. 다시 고개를 숙이고 주스를 마셨다. 거친 숨을 내쉬던 어머니는 애써 흥분을 가라앉힌 뒤 말했다.

"내가 이런 말을 하려고 온 게 아닌데. 영광아, 아빠랑 잘 살아. 그리고 엄마는 바빠서 널 데려가고 싶어도 그럴 수가 없어. 엄마랑 아빠가 헤어지더라도 엄마가 영광이 엄마인 것은 변함이 없고 아빠가 영광이 아빠라는 것에도 변함은 없어. 네 앞길만 충실히 살아가면 되는 거야. 엄마는 그럴 거라고 믿어. 알았지?"

영광은 속으로 중얼거렸다. 부모가 이혼하면 자기도 열심히 살아야 할 이유가 없다고. 하지만 대놓고 그렇게 말할 수는 없었다. 어머니가 또다시 흥분할 게 분명했기 때문이다.

영광은 어렴풋하게나마 부부 관계란 어떤 것인지 알 수 있었다. 서로 전혀 이해할 수 없는 두 존재가 같이 사는 것이 바로 부부였다. 언젠가 책에서 읽은 구절 하나가 문득 생각났다. "이혼의 가장 안 좋은 점은 자녀에게 자책감을 심어 준다."라는 구절이었다. 그 때문인지 영광은 스스로에게 계속 세뇌했다.

'엄마 아빠 사이가 안 좋은 것은 나 때문이 아니야, 나 때문

이 아니야.'

물론 그건 사실이었지만, 스스로 이해시키기는 참 어려웠다.

빵집에서 나온 어머니는 영광에게 용돈을 쥐어 주며 말했다.

"그리고 정말 아이스하키로 인생 승부 걸 거야? 운동하다 그만두면 일반인들 사이에서 경쟁해야 하는데 걱정도 안 돼? 내가 들어보니까 운동에서 늦게 탈락할수록 적응하기 어렵대. 전혀 다른 세계로 가는 거나 마찬가지래."

"……."

"김윤아나 박지성은 정말 기적적으로 몇 명만 되는 거라고. 엄마는 네가 최고가 되길 바라지 않아. 그냥 평범하고 성실하게만 살면 좋겠어. 전에 얘기했지? 2.5퍼센트만 운동해서 살아남는다고. 그 2.5퍼센트도 나중에 은퇴해서 코치나 감독 같은 거 하지 못하면 먹고살 수가 없어. 게다가 아이스하키는 비인기 종목이잖아."

하지만 영광은 운동 없는 자신의 삶은 생각할 수가 없었다.

"엄마, 가다가 중지하면 안 가는 것만 못하대."

그 말 한마디로 충분했다. 어머니는 포기하는 눈치였다.

"알았다. 고집은 지 아비 닮아서. 영광아. 네 이름 그대로 영광스럽게 살아야 해. 미안하다, 엄마가 너 위로해 주러 왔다가 화만 내서. 그럼 엄마는 바빠서 이만 가야겠다. 잘 지내고 있어."

운동하는 걸 계속 반대하던 어머니는 며칠 동안 상당히 유화적으로 변했다. 아무리 생각해도 운동으로 이미 방향을 잡은 아들을 갑자기 공부로 돌린다는 것이 얼마나 힘든지 깨달았던 것이다.

어머니는 소형 승용차를 타고 부리나케 돌아갔다. 학습지를 하는 학생들 가르치는 시간 때문에 시간이 없었던 것이다.

영광의 마음에는 싸늘한 가을바람이 불고 있었다. 아이스하키를 그만둘 생각은 물론 없었다. 그리고 학교를 옮길 생각 역시 없었다. 다른 학교로 전학 가서 새롭게 적응하는 것보다는 힘껏 왕따를 이겨내는 게 더 좋을 것 같았다. 영광은 결단을 내리고 아버지에게 전화를 걸었다.

"아빠, 저 전학 가지 않겠어요."

아버지 목소리가 들리자마자 이렇게 말했다. 아버지는 잠시 아무 말도 하지 않았다. 학교에 남게 되면 어떤 어려움이 있을지 짐작이 되었기 때문이다. 하지만 아들의 결정이 그렇다니 존중해 주어야겠다는 생각이었다.

"그래, 잘 생각했다. 교장 선생님께 말씀드리마."

며칠 뒤 영진이는 전학을 갔다. 형식상 팀을 해체해 영진이를 놔준 것이다. 휘명고로 간다는 말이 있었다. 그리고 바로 다음 날, 새로운 감독과 코치가 부임해 왔다.

23. 새 감독과 코치

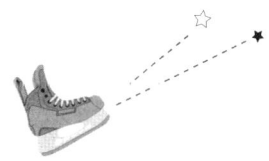

 체육관에서 아이들이 웨이트트레이닝을 하고 있을 때였다. 체육관 문이 열리더니 교장이 몇몇 학부모와 함께 들어섰다.
 "얘들아, 이리 모여 봐라."
 교장의 지시에 따라 아이들은 하던 운동을 멈추고 모두 한자리에 모였다. 건장한 체격의 30대 사내와 20대 청년이 붉은 트레이닝복을 입은 채 곁에 서 있었다. 가끔 하키장에서 보던 미성대학교 아이스하키팀 코치였다. 그리고 그 옆 사람은 어디에선가 본 얼굴이었다.
 "자 여러분. 새로 오신 감독님과 코치님이십니다."
 교장의 말에 아이들은 긴장했다.
 "에, 여기 김태식 감독님은 우리 학교 출신이시고 얼마 전까지 미성대 코치로 재직했었어요. 옛날에 우리 학교에서 선수로 뛸 때, 우리 학교가 전 대회를 석권하는 데 큰 공을 세우신 신화적인 분이지요. 아주 뛰어난 감독님이 우리 학교에 오시게 됐어요. 지금까지 우리에게 여러 가지 어려운 사정이 있었지만 모교를 사랑하는 마음으로 기꺼이 감독직을 맡아 주셨습니다. 그러니 학생 여러분 모두 심기일전해서 내년 대회를 준비하고 동계 훈련을 차질 없이 해서 학교의 명예를 드높여 주기를 바랍니다."

교장은 새로운 감독이 와서 흐뭇하다는 표정을 감추지 못한 채 소개의 말을 이어 나갔다.

"그리고 옆의 이분은 현재 고려대 체육교육과 조교로 있는 김성규 코치님. 원래 대학원에 다니고 계신데 지금 모교가 위기에 빠졌다는 말을 듣고 부리나케 달려와 줬어요. 앞으로 잘 따르도록 해요."

김성규 코치는 김윤아가 아느냐고 물었던 바로 그 선배였다. 영광은 갑자기 가슴이 설레기 시작했다. 김윤아 선수도 알 정도의 전설적인 선배가 학교에 코치로 오다니.

"전체 차렷! 감독님께 경례!"

주장인 명식이의 구령에 맞춰 아이들은 일제히 고개를 숙여 인사했다. 감독은 앞으로 한발 나서며 입을 열었다.

"그래, 반갑다. 우리 앞으로 잘해 보도록 하자. 너희가 운동하는 건 그전에도 좀 지켜봤다. 이제 어떻게 하면 우리가 더 좋은 성과를 낼 수 있을지, 다시 학교의 명예를 빛낼 수 있을지 생각해 보도록 하자. 앞으로 잘 부탁한다."

감독은 선수들 한 명 한 명과 악수를 하며 등을 두드려 주었다. 몇몇 아이들은 새로 온 감독과 코치가 과거에 쟁쟁하게 활동했던 시절을 기억해 내고 수군댔다.

"국가 대표 했잖아."

"그래. 아시안게임에도 나갔었어."

모두 기대에 부푼 얼굴이었다. 이윽고 학부모 회장인 철중이 아버지가 아이들에게 말했다.

"새 감독님하고 마음 잘 맞춰서 열심히 해라. 우리가 바라는 건 부상당하지 않고 좋은 성적 올리는 것뿐이니까."

"네."

철중이 아버지와 몇몇 학부모는 교장과 함께 체육관을 나섰다. 못다 한 이야기를 나누기 위해서였다. 교장은 새로운 감독이 왔으니 더 이상 골치 아픈 아이스하키팀 문제가 자신을 괴롭히지 않기를 기대했다. 한편 학부모들은 새로운 감독이 오자 또 신경을 날카롭게 곤두세우면서 어떻게 하면 좋은 성적을 올릴까에 관심을 두고 대책을 논의했다.

체육관이 조용해지자 새 감독은 말했다.

"그동안 너희들 운동도 많이 못 하고 여러 가지로 정신 상태가 해이해져 있을 걸로 생각된다. 나도 선수 시절에 감독이 바뀌거나 하면 마음이 흔들리곤 했어. 하지만 중요한 건 나 자신을 위해서 운동을 한다는 거다. 나는 민주적으로 너희를 가르칠 거다. 구타나 폭력은 없을 거야. 그 대신 너희들 개개인의 마음속에 숨겨져 있는 성공에 대한 욕구와 희망을 일깨워서, 각자 목표한 바를 달성할 수 있도록 해 주겠다. 여기 몇몇 학생들은 눈에 익기도 하다. 일단 3학년부터 나랑 면담을 좀 했으면 한다."

운동부에서 감독과 정식으로 면담하는 것은 매우 드문 일이었다. 대개 명령을 내리면 학생들이 따르는 상명하복上命下服식 시스템이 자리 잡고 있었기 때문이다. 새 감독은 아이스하키팀 실로 들어가 자리를 잡고 앉았다. 이윽고 3학년 주장부터 차례로 들어가 면담을 했다. 웨이트트레이닝을 하면서 영광과 주성이는 이야기를 나눴다.

"면담? 난 아냐. 왜냐고? 우리 담임하고도 난 면담 안 했거든."

중간 크기의 덤벨을 들어 올리며 주성이가 말했다. 벤치프레스를 하면서 영광도 대답했다

"뭘 물어보실까 궁금하네."

마음속에 먹구름이 끼었다. 이번 사태의 원인이 일정 부분 자신에게서 비롯됐다는 걸 알기에 감독이 무슨 말을 할까 두려웠던 것이다. 3학년들의 면담은 그리 길게 진행되지 않았다. 한

사람에 2, 3분씩 이야기하고 나오는 정도였다. 다들 얼굴들이 발갛게 상기되어 있었다.

"형, 뭐 물어봐?"

"응, 별거 아냐. 어느 학교 가고 싶냐, 그리고 열심히 해라 뭐 이런 거."

"그래?"

아이들은 약간 안심을 했다. 어른들과 일대일로 마주앉아 대화를 나눈다는 건 아무래도 어색한 일이었기 때문이다. 이윽고 영광의 차례가 됐다.

"김영광, 들어와."

명단을 보며 코치가 이름을 불렀다. 대답하고 안으로 들어가 자리에 앉았다. 감독은 반짝이는 눈을 들어 영광에게 말했다.

"네가 영광이구나. 얘기 많이 들었다."

그 말을 듣자마자 주눅부터 들었다. 자신에 대해 도대체 무슨 얘기를 들었다는 걸까. 이미 소문은 날 대로 다 나 있었기 때문이다.

"딴 학교 감독들이 얘기하더구나. 고등부 랭킹 1위라고……."

"네?"

영광은 깜짝 놀랐다. 전혀 예상 못 했던 얘기였기 때문이다.

"고등학교 1학년 중엔 네가 최고라고 하던데? 내가 봐도 그렇고……. 넌 앞으로 훌륭한 선수가 될 수 있을 것 같다. 꿈이 뭐지?"

"꾸, 꿈요?"

지금까지 대놓고 꿈이 뭐냐고 물어본 사람은 없었다.

"저, 저는 나중에 좋은 대학 가서 잘한 다음…… 가능하면 NHL 가고 싶은데……."

"NHL 좋지. 나도 옛날에 거기 가고 싶었다. 하지만 여러 가지 여건이 맞지 않고 체격 조건도 안 돼서 못 갔지. 좋아, 영광이 네가 NHL에 가는 한국 최초의 하키 선수가 될 수 있었으면 좋겠구나. 지나간 일은 다 잊어버리고 지금부터 열심히 할 마음이 있나?"

"네."

"좋아. 지켜보겠어. 최선을 다해서 뛰기 바란다."

"네, 감독님."

"나가봐도 좋아."

밖으로 나왔다. 가슴은 뛰었지만 갑자기 큰 부담이 어깨를 짓누르는 것 같았다. 새로운 감독이 자신에게 그렇게 기대를 하고 또 고등학교 1학년 랭킹 1위라고 칭찬해 주자, 뿌듯함과 동시에 부담감이 느껴졌다. 비가 온 뒤 땅이 굳는다고, 시련을 겪고 나자 철없던 영광이 아니라 목표를 향해 무언가 책임지고 달려야 하는 영광이 됐다는 사실을 어렴풋하게나마 깨닫게 되었기 때문이다.

    감독에게서 받은 스트레스는 의외로 컸다. 그날 잠을 자면서도 꿈속에서 무거운 부담감에 깊은 잠을 잘 수 없었다. 감독은 부드럽고 온화하게 이야기했지만, 자신이 과연 이 팀에서 아이들의 따돌림을 이겨내고 능력을 발휘할 수 있을지는 의문이었다. 그 때문인지 영광은 며칠 동안 연습 경기 중 계속해서 어깨에 힘이 들어갔고, 능력을 보여줘야겠다는 압박감 때문에 실력 발휘가 제대로 되지 않았다. 평소에 하지 않던 실수를 하기도 했다. 하지만 그래도 감독은 빙긋 웃기만 했다. 지켜보고 있다는 뜻이었다.

    "영광아, 힘 빼라! 힘 빼! 어깨에서……."

    알기야 잘 알았지만 쉽지 않았다. 그리고 아직 아이들과의 사이도 좋지 않았다. 한번 그런 파동이 있었기에 모두 다 커다란 상처를 받았던 것이다. 감독은 그런 아이들의 마음을 감싸고 어루만져 주며 위로했다.

24. 몰두할 결심

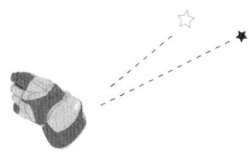

영광에게는 감독의 부드러운 태도도 결코 위로가 되지 않았다. 부드러운 태도 뒤에 숨어 있는 커다란 기대가 압박감으로 작용했던 것이다. 대개 이럴 때 다른 아이들은 가족이나 친구에게서 위안을 얻었다. 하지만 영광이 의지할 곳은 한 곳뿐이었다.

지금 뭐 해? 만날 수 있어?

주리에게 카톡을 보냈지만 이상하게 답문이 오지 않았다. 한 번 더 보내도 마찬가지였다. 전의 일로 아직 삐친 건가 싶었다. 갑자기 무슨 일이 생겼나 궁금해졌다. 한 번 더 카톡을 보냈다. 그러자 주리에게서 카톡이 왔다.

> 학원이야. 5시에 시간 나.

집에 가서 개인 운동을 하려던 걸 포기하고 영광은 주리의 학원 앞으로 갔다. 두 아이는 만나자마자 분식집으로 갔다. 이 주변에서 고등학생 주머니 사정상 끼니를 때울 만한 곳은 분식집밖에 없었기 때문이다. 주리가 먹고 싶다고 해서 영광은 튀김을 시켰다. 잠시 후 튀김이 나오자 영광은 말했다.

"많이 먹어. 이거 오늘 내가 쏘는 거야."

"정말? 웬일이야?"

주리의 표정은 다시 환해졌다. 긍정적인 성격은 이럴 때 빛을 발했다. 금세 훌훌 털어 버린 거다.

"우리 엄마가 얼마 전에 용돈 주고 갔어."

주리도 영광이 부모님의 사이가 별로 좋지 않다는 걸 알고 있었다. 그걸 아는지라 영광이 어머니가 준 돈으로 튀김을 먹는 것이 조금 마음에 걸렸다. 하지만 이내 주리는 미소를 띠며 말했다.

"어른들은 어른들이고 우리는 우리대로 행복하게 살 궁리를 해야 하는 것 같아. 미국에 있을 때 보면 부모님이 이혼한 애들이 태반이었어. 그래도 다들 자기들끼리 그러려니 하고 살아."

"미국 애들은 부모님이 이혼해도 상처 안 입어?"

"그렇진 않지. 하지만 뭐 어쩌겠어. 아무튼 우리나라보다는 좀 덜 받는 것 같아. 너도나도 이혼하니까."

"그렇구나."

"여기 오징어 튀김 맛있다. 앞으로 자주 와야지."

주문한 튀김을 다 먹은 뒤 두 아이는 공원 벤치에 음료수를 들고 앉아서 이야기를 계속했다. 대화를 하다 보니 무거웠던 마음이 많이 가벼워졌다. 이윽고 영광이 화제를 돌렸다.

"새로 온 감독님이 처음 만났을 때 나보고 앞으로 뭐 할 거냐고 물어보셨어."

"그래?"

"응. 그래서 그냥 좋은 대학 갈 거라 그랬어."

"그냥 대학 가는 게 꿈이야? 너 내가 얘기했잖아. NHL처럼 큰 아이스하키 리그에 진출하라고."

주리는 미국에서 NHL 경기를 자주 봤다고 했다.

"거기서 유명한 선수들은 돈도 무지하게 많이 벌어. 그야말로 스타야. 너도 거기로 진출해서 유명한 선수가 돼 봐. 전에도 얘기했잖아. 미국은 개인적인 이유로 아이들이 공부하거나 운동한다고."

NHL로 진출하는 것이 마음속 목표이긴 했지만 이렇게 대놓고 이야기하자니 머쓱해지는 영광이었다.

"글쎄, 내가 할 수 있을까? 그렇게 말하긴 했지만."

"할 수 있을까? 라고 생각할 필요 없어. 할 수 있다, 라고 생각해. 꿈은 노력하면 이루어지게 되어 있다고."

주리가 자못 어른스러운 투로 말했다.

"그래. 그러려면 좀 더 열심히 해야 하겠지."

"영광아, 넌 잘할 수 있어. 내가 응원해 줄게. 네가 만약 NHL에 가게 되면 나도 미국에 가서 너 활약하는 거 봐야지. 나는 유엔 본부나 유니세프 같은 곳에서 일하는 게 꿈인데, 우리 미국에서 만나면 진짜 재밌겠다."

영광은 머릿속으로 상상해 보았다. 수만 명의 관중이 모여 있는 아이스링크에서 자신이 경기를 하고 있다. 박력 있게 상대 공격수에게 보디체크를 걸자 덩치 좋은 상대 공격수가 링크 위에 그대로 널브러진다. 자신의 힘찬 플레이에 관중석에서 주리가 팔짝팔짝 뛰며 더욱 큰 소리로 응원을 한다. 그러자 영광은 갑자기 가슴이 설레었다. 꿈꾸는 자만이 이룬다고 했던가. 영광은 더 큰 꿈을 가져야겠다는 생각을 했다.

"응. 좀 더 열심히 해야겠어."

"열심히 해야지. 그래도 가끔은 나랑도 좀 만나 놀자."

주리가 영광의 어깨를 톡 쳤다.

"응, 그래야지."

학교에 여러 가지 사태가 생긴 뒤 주리와 만날 기회가 줄었었다. 하지만 이렇게 오랜만에 만나 이야기를 나누자 기분이 좋아졌고 동시에 안심이 됐다.

"나, 앞으로 구체적인 목표를 세워서 더 열심히 할게. 김윤아 선수도 보니까 슬럼프가 있었더라고. 나 앞으로 김윤아 선수를 롤모델로 삼을 거야."

"그거 좋다!"

"우리 코치님이 김윤아 선수랑 잘 알거든. 나중에 연락처 물어볼 생각이야. 꼭 한번 만나서 대화해 보고 싶거든."

"호호, 그래. 잘해봐. 나한테 매일 카톡 한 통 정도는 보내고. 바쁘다고 멋대로 연락 끊지 마."

"알았어. 걱정하지 마."

"혹시 윤아 언니 만나게 되면 나도 같이 가."

"응. 당연하지."

두 아이는 그렇게 헤어졌다. 영광은 앞으로 더욱 열심히 아이스하키에 몰두해야겠다는 생각을 했다. 집안 상황이 어떻든 상관없었다. 어차피 부모님 사이에서 자신이 나서 봤자 할 수 있는 것도 별로 없었다.

25. 동계 훈련

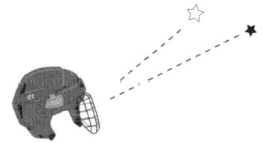

겨울 방학이 시작되자마자 감독은 엉뚱한 제안을 했다.
"3박 4일 동안 산정 호수로 동계 훈련을 간다."
"네? 산정 호수요?"
아이들은 모두 경악을 했다.
"그래. 요즘은 실내 아이스링크들이 많아져서 특별히 산정 호수까지 가서 훈련을 하지 않지만 우리가 학교에 다닐 때는 산정 호수에서 훈련을 했었다. 과거로 돌아가서 초심을 찾는다는 의미다. 재미있을 거야."

감독의 '재미있을 거'라는 말의 의미를 아이들은 잘 이해하지 못했다. 12월, 며칠 동안 혹독한 한파가 몰아칠 무렵 아이스하키팀은 모두 산정 호수로 떠났다. 굽이굽이 몇 시간을 학교 버스로 달려 도착해 보니 몇 만 평의 호수가 온통 얼음판이 되어 있었다.

"내가 학생이었을 때는 이곳에서 동계 훈련을 했었다. 찬바람 맞으면서 독한 마음으로 연습했었지. 여기저기 아무 데나 말뚝 박고 하키장을 만들면 그게 바로 우리 전용 링크였어."

아이들은 모두 신기해했다. 관심 있는 몇몇 부모들도 따라왔다가 매서운 추위에 다들 한마디씩 했다.

"감독님, 아이들 좀 살살 다뤄주세요."

"걱정하지 마십시오. 이 녀석들은 극기 훈련이 좀 필요합니다."

부모들은 숙소에 부족한 것이 없나 살펴본 뒤 다시 돌아갔다. 짐을 풀고 나자 오후가 되어 해가 뉘엿뉘엿 넘어가기 시작했다. 감독은 아이들을 불렀다.

"자, 지금부터 달리기를 시작한다."

귀가 떨어질 것 같은 추위 속에서 아이들은 호수 주변을 달리기 시작했다. 감독도 함께 달렸다. 얼마나 뛰었을까. 숨이 턱까지 차자 온몸에서 열이 치솟았다.

"자, 호숫가로 내려간다!"

호숫가로 내려가 보니 어느새 코치가 해머로 호수의 얼음을 다 깨 놓았다. 몸통 여기저기에 구멍을 뚫어 놓은 커다란 드럼통에서는 장작불이 활활 타올랐다.

"설마 이것이 말로만 듣던……."

아이들은 서로 얼굴을 마주 보며 불길한 예감을 확인했다.

"자, 모두 얼음물 속으로 들어간다!"

감독부터 옷을 벗었다. 잘 발달한 식스 팩의 복근과 가슴 근육은 보는 이들을 감탄케 했다. 운동을 게을리하지 않은 자기 관리의 증거물이었다. 먼저 감독과 코치가 텀벙거리며 얼음물 속으로 들어가자 3학년부터 입수를 시작했다. 1학년 아이들은 오들오들 떨었다. 누구도 먼저 들어가려 하지 않았다.

"어서 들어와! 시원하다!"

영광은 가장 먼저 옷을 벗더니 독한 마음을 먹고 발을 담갔다. 칼날이 종아리를 잘라 내는 듯한 시린 아픔이 왔지만, NHL에 가려면 이런 것쯤은 이겨내야 한다는 생각이 들었다. 그리고 그간의 복잡한 문제들을 떠올리자 자신도 모르게 오기가 발동했다.

"으윽!"

차라리 한꺼번에 몸을 담그는 게 고통의 시간을 줄이겠다는 생각에 뜨거워진 몸을 차가운 얼음물 속에 풍덩 던졌다. 온몸의 세포가 쪼그라드는 느낌이었다. 지나가던 행인들이 모두 걸음을 멈춰 서서 쳐다보았다. 어떤 사람은 사진까지 찍었다.

결국 찡얼대던 아이들까지 모두 다 목을 내밀고 물속에 몸을 담갔다. 온몸이 오그라들면서 피부가 일시에 수축하는 것만 같았다. 뜨거운 입김을 뿜으며 감독이 말했다.

"자, 이제부터 나를 따라 한다. 우리는 할 수 있다!"

"우리는 할 수 있다!"
"성가여 기다려라!"
"성가여 기다려라!"
"우리가 간다!"
"우리가 간다!"
"아자 아자 파이팅!"
"아자 아자 파이팅! 으아아아아아아악!"
무엇에 쓰는 구호인지 알 수는 없었지만 아이들은 무작정 소리를 질렀다. 그렇게라도 해서 난생처음 하는 이 끔찍한 입수 경험을 견뎌 내려 애쓰고 있었다. 영광은 순간 자기 주변에는 아이들이 별로 없다는 걸 알았다. 은연중에 아이들이 가까이 오지 않고 있는 것이었다. 무심한 것 같았지만 감독은 이런 것까지 다 살펴보고 있었다.
"자, 나간다!"
"어이 추워!"
감독이 먼저 나가자 아이들은 비명을 지르며 허둥지둥 물 밖으로 뛰쳐나갔다. 코치는 아이들에게 재빨리 수건을 나눠주었다. 아이들은 드럼통 모닥불 가로 모여들었다. 바깥으로 나오자 오히려 몸이 풀리면서 몸에서 열이 나기 시작했다. 과정은 고통스러웠지만 마치고 나니 상쾌하기 이를 데 없었다.
성가고 아이스하키팀은 3박 4일간의 동계 훈련을 통해 추위와 고통을 이겨내는 강인함을 배웠다. 영광은 이번 동계 훈련이 자신을 더욱 강하게 거듭나게 하리라는 생각이 들었다.

아이들은 동계 훈련을 마치고 돌아오는 버스 안에서 다들 곯아떨어졌다. 하지만 얼굴에는 무언가를 해냈다는 표정으로 가득 차 있었다. 때로는 혹독한 훈련이 사람을 강하게 하는 면이 있음을 감독과 코치는 분명히 알고 있었던 것이다.

한결 밝아진 기분으로 집에 돌아오니 아버지는 우울한 얼굴로 영광을 기다리고 있었다.

"다녀왔습니다!"

"그래, 잘 갔다 왔니?"

평소 같으면 유심히 얼굴을 살펴봤을 아버지였는데, 오늘은 영광을 앞에 두고도 딴생각에 빠져 있었다. 입에서 술 냄새도 났다.

"아빠, 왜 그래요?"

영광은 불길한 예감에 물었다. 집 안은 썰렁하기 그지없었다. 그동안에도 집에 들르지 않았는지 어머니의 흔적은 별로 보이지 않았다.

"너희 엄마가, 아빠랑 더 이상 살지 않겠다는구나."

"네? 그럼, 이, 이혼?"

"그럴지도 모르겠다. 아빠는 끝까지 버텨 보려고 하는데,

나 혼자 버틴다고 가정이 지켜지는 건 아니니까."

영광은 할 말이 없었다. 부모가 서로 다정하진 않더라도 한 집에서 같이 지낼 수 있으면 얼마나 좋을까. 개인적으로는 마음가짐을 곧게 하며 목표를 향해 순탄하게 나아가고 있는데, 정작 집안에는 이런 문제가 생기니 영광의 마음은 다시 불편해졌다.

"영광아, 어떤 결정이 내려지든, 어떤 일이 벌어지든, 중요한 건 너의 인생이야. 사춘기 아이들은 흔히들 자기 인생이 얼마나 중요한지를 모르는데, 너는 그러면 안 돼. 자기 인생보다 더 중요한 게 어디 있니. 부모의 인생과 상관없이 자식들은 자기 인생을 살아 나가야 해. 그게 자연의 법칙이고 인간의 도리란다. 아빠 말 절대 잊지 마라."

"네."

말은 그렇게 했지만 부모의 이혼은 고등학교 1학년짜리가 감당하기에는 너무도 큰 고통이었다. 자꾸 눈물이 나려 했다. 누군가에게 의지하고, 마음을 터놓고 싶었다.

하지만 주리마저도 요즘은 공부하느라 바쁜지 영광을 별로 챙겨 주지 않았다. 주리 자신이 매일 카톡을 하라는 말까지 했음에도 요즘은 그것조차 뜸했다. 혼자 컴퓨터게임이나 운동을 하면서 시간을 보낼 수밖에 없었다. 왜 어른들은 화합하지 못하고 자신의 목소리만 높이는지 알 길이 없었다.

영광은 김윤아의 홈페이지에 들어가 글을 남겼다.

김윤아 누나 안녕하세요?

전에 윤아 누나를 뵌 적이 있어요. 목동에서 누나가 광고 찍으실 때 제가 멋모르고 분장실 이용하다 경호원에게 끌려 나왔어요.^^
누나 저는 아이스하키를 해요. 그런데 요즘 너무 힘들어요. 집안도 복잡하고, 학교도 복잡해요. 운동에 집중할 수가 없어요.ㅠㅠ
누나가 가장 좋아하는 책이 《지금 고민한 만큼 너는 단단해질 것이다》라고 해서 그 책도 사서 봤어요.
그런데 그 좋은 내용을 자꾸 잊어버리게 돼요.
누나는 어떻게 그렇게 위대한 업적을 남겼어요?
정말 놀라워요.
누나, 저에게도 힘을 주세요.
저는 정말 이런 어려운 일들만 없으면 운동 잘할 것 같아요.

26. 비전 있는 삶

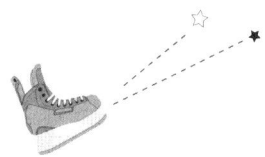

'요즘 왜 이렇게 주리한테 연락이 없지?'

영광은 멍하니 휴대전화를 바라보았다. 주리에게 카톡을 보낸 지 벌써 몇 시간이나 지났지만 휴대전화는 감감무소식이었다. 요즘 들어서 매일 이랬다. 주리는 이전과 달리 먼저 연락도 하지 않았고, 카톡 메시지를 보내도 답장조차 하지 않았다.

따지고 보니 동계 훈련에 춘계 대회 준비로 정신이 없어 방학 내내 연락도 못 하고 거의 만나지도 못했다는 생각이 들었다.

'갑자기 찾아가서 깜짝 놀라게 해 줘야지.'

영광은 주리의 학원 앞으로 가서 주리를 기다리기로 했다. 1월 하순에도 혹한은 풀리지 않았다. 사람들이 모두 어깨를 옹송그리고 지나가는데 저만치 학원 건물에서 아이들이 쏟아져 나오는 것이 보였다. 주리가 어디 있나 살피며 인파 쪽으로 다가가던 영광은 이내 두꺼운 파카를 입고 걸어오는 주리를 발견했다. 두 시간 동안 기다린 결과였다.

"주리야!"

"어, 영광아!"

"잘 있었어?"

"으응."

"우리 분식집에 갈까?"

주리는 뜻밖에도 고개를 저었다.

"나 학원 하나 더 다녀. 지금 거기 가야 해."

"방학인데 안 쉬는구나."

"응, 좀 그래."

저만치에서 같은 학원에 다니는 여자아이가 기다리는 걸 보자 주리가 말했다.

"나 갈게. 좀 바빠서."

"응."

영광은 바보처럼 주리를 보낼 수밖에 없었다. 닭 쫓던 개 지붕 쳐다보는 격이 바로 이런 것이리라. 영광은 집까지 어떻게 왔는지 알 수 없었다. 자신을 피하는 게 눈치가 이상했다. 그동안 있었던 주리와의 만남과, 함께 있을 때의 기억을 세세히 되짚어 봤다. 원인을 알 수 없었다.

참다못한 영광은 몇 번을 망설이다 주성이에게 전화를 걸었다.

"주성아, 난데. 너 혹시 주리에 대해서 새로운 소식 못 들었냐?"

"주리? 만났지. 언제냐고? 며칠 전에 할아버지 생신이어서 다 같이 모였을 때 봤어. 왜?"

"오늘 주리가 다니는 학원에 찾아갔는데 바쁘다고 그냥 가 버렸어. 오랜만에 얼굴 봤는데."

"그래? 나는 알지. 뭣 때문에? 걔 아마 성적 떨어져서 그럴 거야."

"성적?"

"응. 외국어 특기자 전형으로 대학 가야 하는데 요즘 성적이 안 나온다고 걱정했어. 누가? 작은아버지가……."

"그, 그랬구나. 사실 요즘 주리하고 자주 못 만났어."

"그렇겠지. 왜냐? 주리는 요즘 공부하느라고 바쁘니깐."

갑자기 영광은 눈앞에 커다란 강물이 흐르는 느낌이었다. 아이스하키를 하는 자신과 공부해서 좋은 대학 가려고 열심히 학원에 다니는 주리 사이를 갈라놓는.

주리에게 당장 카톡을 보내 만나자고 해서 무슨 사연인지 듣고 싶었지만, 영광은 그동안 겪어 온 여러 가지 풍파로 인해 참는 것이 때로는 최선의 길임을 어렴풋이 알게 됐다. 즉시즉시 행동하는 것은 결코 좋은 결과를 만들지 못했다.

며칠 뒤, 영광은 오랜 궁리 끝에 주리에게 이메일을 보냈다.

주리야, 잘 지내지?
나는 요즘 학교에다 집안 문제로 정신이 없어.
왜 나는 이렇게 문제가 많은지 몰라.
주성이가 그러는데 너도 성적 때문에 고민이라며.
하긴 아이스하키도 성적이 중요해.
네가 공부하는 데 내가 방해된다면 말해 줘.
카톡이랑 만나는 거랑 다 줄일게.
공부 열심히 하고 또 보자.

'아냐. 이럴수록 나의 꿈을 지켜야 해. 내가 해야 할 일을 열심히 하는 수밖에 없어.'
영광은 손에 잡히는 대로 아무 책이나 뽑아 들었다. 그 책은 젊은이가 꿈을 꾸며 어떻게 살아야 하는지를 말해 주는 책이었다. 한때 아버지가 자기계발서를 많이 읽었을 때 모아 둔 거였다.

삶의 비전은 인간을 끊임없이 노력하게 한다. 비전이 없는 삶은 공허한 메아리일 뿐이다. 부와 명예와 성공도 결국은 지치고 싫증나게 마련이다. 아무 의미 없는 삶을 살다 보면 삶 자체가 싫증나는 수가 있다. 간혹 미국의 재벌들이나 성공한 사람들이 어느 순간 모든 것을 버리거나, 사회에 환원하고 자연으로 들어가거나, 가족에게 돌아가는 이유도 바로 그런 것 때문이다.

죽는 날까지 지치지 않고 목표를 향해 나아가려면 그 목표가 '지치지 않는 것'이어야 한다. 한마디로 끊임없이 도전할 가치가 있는 목표를 갖는다면 지치지도 않을뿐더러 매일매일 자신의 삶이 최선을 다해 노력하는 삶이 된다.

예를 들면 사회를 좀 더 정의로운 것으로 만들겠다거나, 자신이 번 돈으로 기부해서 가난한 사람이나 장애인을 돕겠다는 꿈과 비전을 갖는다면 그러한 꿈은 무한히 해야 할 것이기에 지칠 수가 없다. 남을 위한 이타적인 행동이야말로 개개인을 강하게 만드는 힘이다. 마더 테레사가 죽는 날까지 전 세계를 다니며 사랑을 호소한 이유도 바로 죽어 가는 자들을 위해 그들에게 안식을 주겠다는 평생의 목표와 비전이 있었기 때문이다.

이 구절을 읽은 영광은 문득 생각했다. 자신을 괴롭히고 있는 여러 가지 문제들은 결국 스스로 이겨내야만 한다는 것을. 아이스하키는 삶의 목적이고 비전이었다. 지치지 않는, 자신의 꿈이었다.

영광은 터질 것 같은 가슴으로 집 밖으로 나가 밤하늘에 대고 소리쳤다.

"으아아아아악!"

국내 최초로 NHL 선수가 되어 한국의 이름을 빛내겠다는 꿈은 여전히 유효했다. 그리고 집안 사정이나 학교 사정, 그리고 주리와의 갈등과는 별개였다. 끝까지 추구해야 할 목표였다. 너무나 높고 숭고하여 다른 어떤 일들과도 비교할 수 없었다. 그래서 포기할 수 없었다.

27. 절규

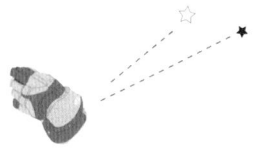

 어영부영 한 주가 지나가고 주말이 됐다. 가정 형편이 좋았을 때는 주말에 인근 링크장에 가서 사교육도 받고 코치들에게 개인적으로 지도도 받았는데, 이제는 그것도 관두고 종일 집에만 처박혀 있었다.
 아버지는 평소보다 훨씬 늦게 일어났다. 그러더니 늦은 아침을 먹으면서 불쑥 영광이한테 말했다.
 "영광아, 오늘 엄마 온다."
 "네? 엄마가요?"
 부모님은 아직 법적으로 이혼은 하지 않았다. 하지만 이제 본격적으로 이혼 소송을 제기하려던 차였다.
 어머니는 오전 열한 시쯤에 집에 왔다.
 "아이고, 집 해 놓은 꼴 좀 봐."

더 말하려던 어머니는 입을 닫았다. 이 집과의 관계를 끊으려면 잔소리조차도 하지 말아야 한다고 생각한 것이다.

"어, 엄마!"

"영광아! 그래, 밥은 제때 먹니?"

"어…… 그럭저럭."

어머니는 아버지에게 서류를 내밀었다. 드라마에서나 보던 이혼 서류였다.

"요란하게 소송하고 자시고 할 것 없이 합의로 끝내자고. 그리고 영광이는 내가 데리고 갈 거야."

"뭐?"

아버지는 피우던 담배를 떨어뜨렸다.

"아무래도 내가 데려가 키워야겠어. 애 비쩍 마른 것 좀 봐. 먹지도 못하고."

"당신이 무슨 권리로 그래?"

"왜? 내 새낀데 못 데려가?"

"새끼? 참, 나. 어미가 되어서 집도 내팽개치고 나간 지 석 달도 넘은 주제에 이제 와서 애를 데려간다고? 이혼은 해도 애는 못 줘."

"당신, 정말 이럴 거야? 그럼 내가 소송을 해야겠어? 당신이 가장으로서 얼마나 의무를 소홀히 했는지 일일이 따져 볼까?"

어머니는 다시 또 날카롭게 소리를 지르기 시작했다. 또다시 싸움의 시작이라는 느낌이 들자 영광은 돌아 버릴 것만 같았다. 오랜 별거도 두 사람 사이를 다시 가까워지게 하는 데에는 아무 소용이 없었다.

"엄마, 왜 이래요. 아빠도 차분하게 좀……."

"내가 지금 차분할 수가 있냐? 네 엄마가 지금 너를 데리고 간다잖냐. 그러면 아이스하키도 관둬야 하고 아무것도 못 하는데, 그래도 엄마 따라갈 셈이냐?"

"영광아, 가자 엄마랑. 너 정말 아이스하키 하고 싶으면 엄마가 지원해 줄게. 너희 아빠 밑에선 배울 게 없어. 저 인간 하나도 변한 게 없는 거 봐라."

그날 오전, 집 안은 온통 난리가 났다. 아버지가 거실에 놓여 있던 텔레비전을 메다꽂았기 때문이다.

"저, 저 봐라. 성질부리는 거 봐. 경찰 불러야지 저거."

어머니도 갈 데까지 가자는 표정이었다. 경찰서에 전화를 걸기 위해 주머니에 있던 휴대전화를 치켜들었다.

이때였다. 눈앞의 광경에 할 말을 잃은 영광의 분노가 폭발했다.

"제발 그만 좀 해! 그만! 엄마 아빠는 내가 무슨 고민 하고 있는지 알기나 해? 내 생각은 해 봤어? 내가 물건이야? 그만하라고, 그만!"

영광은 분을 못 이겨 주먹으로 거실의 유리창을 깨려고 달려들었다. 그 순간 아버지가 영광을 막아섰다.

"영광아! 너 왜 그래?"

"다 때려 부술 거야. 비켜!"

아버지가 황급히 영광을 말렸다. 어머니도 처음 보는 영광의 난폭한 모습에 놀라 아무 말도 하지 못했다. 정신을 차린 아버지는 영광을 달래려고 애썼다.

"진정해라, 진정해. 내가 잘못했다. 우리 차분하게 얘기하자, 응?"

하지만 서로 감정이 상할 대로 상한 상태에서 이야기는 되지 않았다.

"잘하는 짓이다."

어머니는 더 이상 참을 수 없었는지 서류를 놔둔 채 문을 열고 집을 나가 버렸다. 영광은 땅바닥에 주저앉아 눈물만 펑펑 쏟았다. 자기 이익만 챙기고 자식 생각은 하지 않는 아버지와 어머니가 너무나 분하고 야속했다. 자기 주위에 있는 모든 사람이 원망스러웠다.

"왜! 왜 나는 아이스하키만 하면서 내 꿈을 키울 수가 없는 거야, 왜!"

아버지는 눈물만 뚝뚝 흘릴 뿐 아무 말도 하지 못했다.

28. 긍정의 힘

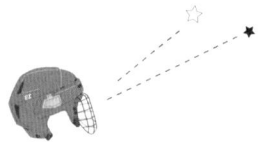

주리에게서 답장이 온 것은 그날 저녁이었다. 격했던 감정을 가라앉히고 혹시나 해서 메일을 확인하던 영광은 재빨리 클릭해 보았다.

영광아, 미안해.
너한테 직접 말하려고 했는데 너무 바빴어.
사실 나는 너랑 좋은 친구가 되고 싶었어.
만나면 즐겁고 재미있으니까.
그런데 요즘 내 성적이 많이 떨어졌어.
영어 한 과목 빼고는 전부 다 다른 아이들한테 밀려.
그걸 본 엄마가 내가 너랑 사귄다는 걸 알고 당장 만나지 말래.
나도 좀 더 공부해야겠다는 생각을 했고.

그래서 영광아, 우리 당분간 만나지 말자.

꼭 만나야만 친구가 되는 건 아니라고 생각해.

주성이한테 얘기 들었어. 네가 굉장히 섭섭해 했다고.

하지만 나 공부 열심히 해서 부모님께 효도해야 해.

아빠 엄마도 한국에 돌아와서 힘들게 일하시거든.

나중에 또 만날 기회가 있을 거야.

미안해.

잘 지내.

그걸로 끝이었다. 이제 여자 친구에게도 버림받은 것이다.

영광은 허전한 마음을 달랠 길이 없었다. 머리를 쥐어뜯고 싶었지만 스포츠머리로 짧게 깎은 머리는 손으로 잘 잡히지도 않았다. 분을 삭일 수 없어 방 안을 둘러보는데 책이 눈에 띄었다. 아무 곳이나 펼쳐 읽어 보았다.

만약 네가 지쳤다고 생각하면, 넌 지친 것이다.

만약 네가 용감하게 도전하지 못하겠다고 생각하면,

넌 하지 못한다.

만약 네가 이기고 싶지만 할 수 없다고 생각하면,

넌 이기지 못할 게 거의 확실하다.

인생의 전투는 늘 더 힘세거나 더 빠른 사람에게만 넘어가는 것이다.

그러나 이르건 늦건 언젠가는 이기는 사람이 있다.

난 할 수 있다고 생각하는 사람이다.

'맞아. 난 이길 수 있어. 주리와도 다시 친해질 수 있어. 이대로 포기하면 안 돼. 안 된다고.'

어디에서 그런 용기가 났는지 모른다. 영광은 일단 주리를 만나 봐야겠다는 생각을 했다. 주성에게 전화를 걸었다.

"주성아! 주리 요즘 새로 학원 다닌다면서? 거기 어디냐?"

"왜 그래?"

"글쎄, 좀 가르쳐 줘."

"중계동에 힐탐 학원이라던데."

"알았어."

영광은 부리나케 가방을 메고 집을 나섰다. 주리를 만나 왜 자신과 헤어져야 하는지 물어볼 생각이었다. 그리고 책에서 읽은 대로 나중에 꼭 이기는 사람이 되겠다고 말할 계획이었다. 기다려 달라는 이야기였다. 주리가 공부를 해야 한다니 말릴 생각은 없었다. 하지만 약속을 통해 꼭 기다려 달라고 부탁할 수는 있지 않은가.

학원 앞은 학생들로 분주했다. 주리가 어느 과목 수업을 듣는지 확인할 길은 없었다. 무작정 기다리는 게 유일한 방법이다. 한 시간 넘게 학원 입구를 노려보며 기다리고 있던 영광의 시야에 주리가 들어왔다.

"주리야!"

반갑게 다가가려는 순간 등 뒤에서 누군가가 아는 체를 했다.

"너 영광이! 여긴 웬일이냐."

뒤를 돌아보니 영진이 그곳에 서 있었다. 연습을 하고 와서인지 스틱과 운동 가방을 어깨에 메고 있었다.

"너는 무슨 일이야?"

영광이야말로 영진이가 여기 온 게 궁금했다. 안 좋은 예감이 등골을 타고 흘렀다.

"주리 만나러 왔지. 주리가 너랑 헤어진다고 한 거 같던데?"

"네가 어떻게 알아?"

"왜 몰라? 내가 요즘 주리랑 사귀니까 알지."

"뭐! 이 자식이!"

눈에서 불똥이 튈 것 같았다. 벼락처럼 멱살을 부여잡자 영진이 거세게 뿌리쳤다.

"이거 안 놔!"

영광은 다시 영진이의 멱살을 잡아 골목으로 질질 끌고 갔다.

"너! 오늘 죽을 줄 알아."

"맘대로 해 보시지."

영진은 거세게 저항했다. 두 아이가 골목 어귀에서 티격태

격하자 지나가던 학생들이 금세 몰려들었다.

그때였다. 찢어지는 듯한 소리가 들린 것은.

"어머, 너희 무슨 일이야?"

달려온 것은 주리였다. 곁에는 미주도 있었다.

"주리야, 너 정말로 이 자식하고 사귀는 거야?"

으르렁대듯 영광이 물었다.

"누가 그런 소리를 해! 어서 그 손 안 놔!"

"그것 봐 인마! 너 거짓말이지!"

순간 영광은 주먹을 들어 영진의 턱을 갈겼다. 영진은 저만치 나가떨어졌다. 입술이 터져 피가 나는 것을 확인한 영진이 벌떡 일어나 고함을 지르며 달려들었다.

"으아아!"

허리를 붙잡힌 영광이 그대로 밀려 벽에 부딪쳤다. 이내 두 아이는 난타전을 벌였다. 주먹과 발길질이 난무했다. 하지만 덩치가 조금 더 작은 영진은 힘에서 영광의 상대가 되지 않았다. 이내 힘에 밀려 땅바닥에 쓰러진 영진이 위에 올라탄 영광이 두 주먹을 번갈아 가며 얼굴을 쳤다.

"이 자식아! 죽어! 죽어!"

그것은 영진에 대한 분노라기보다는 자기 뜻대로 되지 않는 세상에 대한 분노였다

"영광이 너 왜 이래?"

그때 영광의 뺨을 호되게 갈긴 것은 주리였다. 순간 영광은 어안이 벙벙했다. 주리가 자신의 뺨을 때릴 줄은 상상도 못 했기 때문이다.

"너 같은 아이 싫어! 정말!"

그 틈을 타 영진은 비틀거리며 일어났다. 영광은 그대로 얼어붙었다. 주리에게 뺨을 맞다니. 애초에 이런 모습을 보이려고 한 것은 아니었다. 그저 와서 주리를 붙잡고 이야기를 나누고 싶었다. 마음속의 응어리가 풀리길 바랐을 뿐이다. 그런데 예상치 않은 일이 벌어진 거였다. 영진이가 피를 흘리는 것을 보자 주리는 손수건을 꺼내 닦아주었다.

영광은 가슴이 갈가리 찢기는 것만 같았다. 뒤돌아서야만 했다. 이제 이 자리를 떠날 수밖에 없었다. 자신이 좋아하는 주리가 영진이의 상처를 보살펴 주는 상황을 도저히 바라볼 수 없었다. 가슴이 다 말라 비틀어져 바람 소리가 서걱이는 것만 같았다.

그때 등 뒤에서 영진이 달려오는 소리가 들렸다.

"영광이 개자식아!"

돌아보는 순간 영광은 눈앞이 번쩍하는 것을 느꼈다. 가방에서 스틱을 꺼내 든 영진이 그대로 영광의 얼굴을 강타했기 때문이다.

29. 의외의 격려

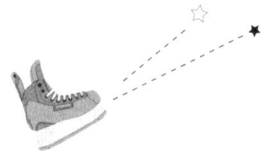

"너 왜 그래, 김영광."

그다음 주 어느 날, 코치는 영광이 몸에 힘이 없는 것을 보고 말했다.

"좀 힘들어서요."

"그럼 좀 쉬어. 너 요즘 통 이상해."

영진이에게 맞은 눈 위의 상처는 아직도 퍼렇게 멍이 남아 있었다. 아무에게도 차마 영진이와 싸웠다고는 말하지 못했다. 다행히 상처가 깊지 않아서 일회용 반창고 정도로 아물 수 있었지만 마음의 상처는 깁스를 해도 나을 것 같지 않았다.

아이스하키 연습을 하는 동안에도 영광은 맥이 빠져 힘이 나지 않았다. 아픔을 통해서 정신적으로 한 단계 성숙해야 하는 것이 순서라지만 몸이 따라 주지 않았다. 운동선수는 단순

해야 한다는 말을 어디선가 들었는데 그 이유가 바로 이런 것 때문인지도 몰랐다.

부모님은 이대로 가면 결국 이혼을 할 수밖에 없었다. 그 불안감이 또한 영광을 억눌렀다. 매일 싸우면서라도 부모님이 그냥 부부로 살기를 바랐는데, 이대로 가정이 깨질 것만 같았다. 이미 몇 달째 어머니가 돈을 보내 주지 않아 아이스하키 회비도 내지 못하고 있었다. 영광과 아버지는 다른 부모들의 따가운 시선을 느꼈다. 하지만 영광이로서도 그 부분은 어쩔 수 없었다. 더 이상 피해를 끼치기 전에 하키를 포기하는 게 최선이 아닌가란 생각이 들기도 했다. 코치는 영광의 그런 사정을 알지 못하고 단순히 컨디션이 안 좋은 줄로만 알고 있었다.

"영광아, 컨디션이 안 좋을 때일수록 더 열심히 성실하게 기초 훈련을 해야 해."

"네."

말은 그렇게 했지만 요즘은 훈련 자체가 고역이었다. 재미는 하나도 없고 힘들기만 했다. 순전히 의무감과 습관 때문에 스케이팅을 하고 퍽을 몰고 있었다.

그다음 날은 아예 훈련에도 나가지 않았다. 코치에게서 카톡 메시지와 전화가 왔지만 받지 않았다. 학교 수업에도 들어가지 않았다. 온종일 집에 처박혀 컴퓨터만 했다. 담임선생에게서도 전화가 왔지만 역시 받지 않았다. 아버지와 영광이 동시에 서서히 폐인이 되어 가고 있었다.

"영광아, 정말 하키 관둘 거니?"

아버지가 걱정스러운 투로 물었다.

"네, 아빠. 하키 그만둘래요. 저도 이제 공부해서 취직이나 해야겠어요."

아버지는 더 이상 말을 잇지 못했다. 지금까지 영광이 아이스하키를 할 수 있도록 얼마나 애써 왔는데, 이제 와서 포기하다니. 아버지는 모든 것이 자기 잘못인 것만 같았다.

"아빠가 할 말이 없구나."

그러나 아이스하키를 관둬도 영광은 할 게 없었다. 학교에서는 어떻게든 영광과 연락을 하려 했지만, 영광은 며칠째 휴대전화도 꺼 놓고 집 전화기 플러그도 뽑아 둔 채 미친 듯이 잠만 잤다. 잠이라는 건 자면 잘수록 한없이 늘었다. 심지어 어떤 날은 하루 종일 잠으로 보낸 적도 있었다. 그러다가 소변이 마렵거나 배가 고파 올 때면 잠에서 부스스 깼다.

주린 배를 끌어안고 라면을 끓여 먹은 영광은 간만에 밖으로 나왔다. 다리가 휘청거렸다.

무작정 밖으로 나왔지만 갈 곳이 없었다. 학교에 간다는 건 아예 생각도 할 수 없는 일이었다. 수업을 들을 수도, 체육관에 가서 다시 아이들과 어울릴 수도 없었다. 눈 감고도 갈 수 있는 곳은 오로지 한 곳뿐이었다.

영광은 전철과 버스를 타고 아무 생각 없이 목동 링크장으로 향했다. 대회에 참가할 때마다 늘 가슴 설레던 이곳. 승리의 기쁨도 주었지만 패배의 쓰라림도 알게 한 이곳 목동 링크.

'내가 갈 곳이 여기뿐이라니…….'

스스로 어이없어 하면서 어슬렁거리다 링크 안으로 들어섰다. 링크에는 자기 또래의 아이들은 하나도 없었다. 지금은 대학생들이 연습하는 시간이었다. 대학생 선수들이 힘차게 스케이팅을 하며 함성을 지르는 모습을 물끄러미 바라보자 영광은 패배자가 된 듯한 기분에 젖어 들었다. 이 세상에 버림받은 느낌이었다. 저렇게 꿈을 이루지 못하고 시들어 가는 자신이 너무나도 한심스러웠다.

벌써 열흘 넘게 학교에 가지 않았다. 촉망받는 아이스하키 선수였던 자신이 어쩌다 이렇게 됐는지 알 수 없었다.

갑자기 김윤아 선수가 떠올랐다. 모든 한국 스포츠 인들의 롤모델인 그녀. 올림픽에 출전해 한 번쯤은 같이 국가 대표가 되어 선수촌에 들어가고 싶었는데 이제 그 꿈도 물거품이 되려 했다.

발길은 어느새 일 층 분장실로 향했다. 김윤아 선수를 만났던 게 엊그제 같은데 어느새 자신은 아이스하키와 멀어져 있었다.

분장실 문은 굳게 닫혀 있었다. 아무런 행사도 없으니 당연히 그럴 법도 했다. 그때 갑자기 환상 속에서 김윤아 선수가 나타나 자신을 부르는 것만 같았다.

'영광아, 들어와. 기다리고 있었어.'

김윤아 선수가 이곳에 있을 리 없었다.

'환청이야. 환청. 내가 요즘 정신이 없긴 없네.'

영광이 돌아서는데 자꾸 환청이 귓가에서 떠나질 않았다.

'영광아, 마지막 기회야. 어서 들어와.'

문이 열려 있을 리 없었다. 목동 링크 관리자 아저씨는 깐깐하기로 유명한 사람이었다.

그러나 갑자기 영광의 마음 깊은 곳에 확신이 생겼다. 안에 무언가 자신의 운명을 바꿀 일이 기다리고 있는 것만 같았다.

손잡이를 잡고 돌렸다. 의외였다. 문은 잠겨 있지 않았다. 갑자기 가슴이 두근거렸다. 조심스럽게 문을 여니 분장실 안은 깜깜했다. 복도의 빛이 분장실 안에 쐐기를 박듯 꽂혔다. 조심스럽게 발을 들여놓고 벽의 스위치를 더듬는데 인기척이 났다.

"누구냐?"

안에서 굵직한 남자 목소리가 들렸다. 순간 김윤아의 경호원에게 끌려 나갔던 생각에 깜짝 놀랐다.

"아, 아무것도 아니에요."

순간 분장실의 불이 켜졌다. 거울에 달린 조명등이었다. 거울로 쏘아보는 중년의 남자가 눈에 띄었다. 아마도 어두운 분장실 안에서 쉬고 있었던 것 같았다.

"죄, 죄송합니다."

황급히 분장실을 빠져나오면서 영광은 고개를 숙였다. 어디선가 본 듯한 얼굴이었지만 기억이 나질 않았다.

그때 남자가 굵은 목소리로 영광을 불렀다.

"어이, 학생."

"네?"

"이리 좀 와 봐. 낯이 익은데, 어느 학교 다니지?"

"성가고요."

"그래? 맞아. 너 성가고 디펜스 보는 애지?"

"……."

영광은 소스라치게 놀랐다. 자신을 알아본다면 아이스하키와 관련된 일을 하는 사람이란 이야기다. 눈을 가늘게 뜨고 영광은 그를 살폈다.

"이름이 뭐냐?"

"김영광인데요."

"그래, 맞다. 내가 정확하게 봤구나. 너 하키 잘하더라!"

"누, 누구세요?"

"나? 하하! 어쩌면 너랑 앞으로 오래 볼지도 모르지. 나 고려대 아이스하키팀 감독이야."

그랬다. 기억이 났다. 그는 지난해 춘계 대회에서 라이벌인 연세대학교를 이기고 우승한 고려대학교의 감독이었다. 갑자기 영광은 긴장했다.
"아, 안녕하세요?"
"그래. 시합 때 봤다. 열심히 해라. 내가 지켜보고 있어! 나중에 형들하고 같이 시합 한번 하자."
"네."
"피곤해서 좀 조용한 곳에서 쉬려고 했더니……."
"죄, 죄송해요."
"아니다. 이제 아이들 모일 시간이야."
감독은 자리에서 일어나더니 영광의 어깨를 탁 치고는 분장실 밖으로 나왔다. 영광이 따라 나오자 그는 라커룸으로 들어가며 한마디 더 했다.
"나중에 대학생 되면 보자."
"네? 네."
영광은 감독이 사라진 뒤에도 이게 꿈인가 생시인가 싶었다. 대학팀 감독이 고등학생 선수에게 직접 격려해 준다는 것은 거의 있을 수 없는 일이었다. 게다가 자신을 알아봐 주기까지 했다. 갑자기 영광의 가슴이 뜨거운 기운으로 환하게 차올랐다. 누군가 자신을 인정해 주는 사람이 있다는 것은 큰 힘이 되었다. 꺼져 가던 희망의 불길이 다시 지펴지는 것만 같았다. 그동안 사라져 버렸던 결의가 조금씩 다시 샘솟았다.

'내가 과연 아이스하키 말고 할 게 있겠어? 아니잖아. 할 줄 아는 게 아이스하키뿐인데. 그럼 이렇게 관두는 게 맞아? 엄마 아빠가 그러면 마음 아파할까? 그렇다고 두 분이 다시 합치시나? 그것도 아니잖아. 나만 쓸모없는 인간이 되는 거잖아.'

그렇게 생각하니 다시 아이스하키를 시작하는 것만이 유일한 희망이었다. 어려움에 부닥쳤을 때 구제받는 유일한 길은 희망을 잃지 않는 거였다. 그리고 노력을 멈추지 말아야 했다. 그런데 지금 희망과 노력을 다 내팽개치려 했던 자신의 모습을 영광은 발견했다.

'김영광, 너 박지성이 한국인 최초로 프리미어 리그에 간 것처럼 NHL에 가는 최초의 한국 사람이 될 거라면서 이러고 있어? 바보 아냐? 일분일초가 아까운데…….'

거기까지 생각이 미치자 영광은 마음이 급해졌다. 누가 뒤에서 쫓아오기라도 하는 것처럼 돌아서서 미친 듯이 달리기 시작했다.

30. 이혼만 하지 마

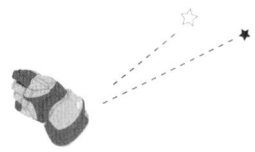

집에서는 여전히 아버지가 무기력하게 술에 취해 잠들어 있었다. 그런 모습은 영광을 화나게 했다.

"아빠, 아빠!"

"왜, 왜, 왜 그러냐? 오늘도 학교 안 갔어?"

아버지는 또 술을 먹고 들어온 것 같았다.

"아빠, 일어나세요. 저 아이스하키 다시 하기로 했어요. 절대 그만두지 않을 거예요."

"뭐, 뭐라고?"

아버지는 영광에게 무슨 일이 벌어진 건지 모르겠지만, 아무튼 아들이 다시 결의를 불사르는 것이 보기 좋았다.

"저 포기하지 않을 거예요. 뒷바라지는 엄마에게 해 달라고 하면 돼요. 하지만 그래도 저는 아빠랑 살 거예요. 지금 약속해요. 그리고 아빠 엄마 이혼하지 마세요, 네? 이혼하면 저 다시 아이스하키 포기할 거예요."

영광이 한꺼번에 너무 많은 말을 쏟아 붓는지라 아버지는 영광이 무슨 말을 하는지 잘 알아듣지 못했다.

"법원에 가지 말란 말이에요. 엄마를 포기하지 마세요! 아빠도 용기를 내라고요! 아빠도 힘을 내시란 말이에요! 으흐흐흑!"

말을 함과 동시에 울음이 터지고 말았다. 갑자기 격해진 감정에 눈물이 쏟아져 나온 것이나. 아버지는 순간 깨달았다. 이른들은 아이들에게 생각만 전달하고 정작 실천은 제대로 하지 못하는 실수를 자주 범한다는 것을.

"미안하다, 미안해. 네가 그렇게 고민하는 줄은 몰랐구나."

아버지는 정신을 차리기 위해서 욕실로 들어가 찬물로 샤워를 했다. 정신이 번쩍 든 아버지는 영광과 대화를 계속했다.

"영광아, 그래. 우리 아들이 아빠보다 낫다. 아빠가 미안해. 아빠가 정말 잘못했다."

"오늘 대학교 아이스하키팀 감독님이 저한테 잘한다고 칭찬하셨어요. 나중에 대학교 형들이랑 시합이나 한번 하재요."

"저, 정말이니?"

대학 팀 감독이 눈여겨본다는 것은 곧 그 대학에 입학이 보장된 거나 마찬가지였다. 중고등부 선수들의 1차 목표가 대학 진학이었으니 그것은 곧 탄탄한 미래를 뜻하기도 했다. 그 애길 듣자 아버지의 가슴 속에서도 용기가 치솟았다.

"역시 우리 아들이 잘하긴 잘하는구나. 역시 우리 아들이 고교 랭킹 1위가 맞아, 맞다고!"

오랜만에 집안에 화기애애한 분위기가 감돌았다.

"아빠도 열심히 뛸게. 사실 아빠도 지금 대리점 일로 매달려 볼 사람이 있는데, 그까짓 거 매달려서 뭐하나, 가정도 깨지고, 아들도 저 모양인데 하는 생각에 포기했었어. 그런데 생각이 바뀌었다. 아빠가 오늘 가서 목숨 걸고 부탁해 볼게. 그리고 우리 아들, 내가 꼭 어떤 일이 있어도 아이스하키 할 수 있도록 뒷바라지할게. 알았지?"

"네!"

영광은 아버지와 뜨겁게 포옹했다. 남자 사이에 긴말은 필요 없었다.

다음 날 저녁, 영광은 어머니를 찾아 남양주의 외할머니 집으로 갔다. 병으로 몸져누워 있던 외할머니는 오랜만에 온 영광을 반갑게 맞이했다.

"아이구, 우리 새끼 왔구나."

외할머니는 몸이 아팠음에도 영광을 위해 손수 과일을 깎아 주었다. 영광은 오랜만에 외할머니와 대화를 나누며 즐거운 시간을 보냈다.

밤 열 시가 넘어서야 어머니는 피곤한 몸을 이끌고 집에 돌아왔다.

"영광아, 어쩐 일이니? 너 왔다고 해서 서둘러 왔잖아."

오늘 어머니와 담판을 짓기로 결심한 영광이 입을 열었다.

"엄마, 엄마는 나 사랑해?"

어머니는 웬 뜬금없는 소린가 하는 표정으로 영광을 힐끗 살피고는 말했다.

"그럼. 내가 너 때문에 이렇게 고생하는 거 아니니."

"그럼 엄마 내가 원하는 대로 할 거야?"

"너희 아빠랑 재결합하라는 얘기야? 그건 이미 물 건너갔어."

"아니야, 엄마. 재결합 안 해도 좋아. 하지만 이혼만은 하지 마."

"뭐라고?"

"이혼하지 말고 그냥 이대로 살면 안 될까? 아빠도 오늘부터 정신 차리겠다고 그랬어. 그리고 엄마, 나도 이제부턴 정말 열심히 할 거야. 나, 아이스하키로 꼭 성공하고 싶어. 엄마가 도와줘. 엄마 나 사랑한다면서?"

그러더니 영광은 어머니 앞에서 무릎을 꿇었다.

"아니 얘가 왜 이래, 청승맞게."

영광은 마음에 있는 말들을 다 털어놨다.

"나는 아빠 엄마랑 나랑 셋이서 행복하게 살고 싶었어. 내가 NHL에 가려는 것도 우리 가족이 다 같이 행복하게 살고 싶어서 그러는 거야. 나 혼자 잘 되려는 게 아니야. 엄마, 나 아이스하키에 재능 있단 소리 엄청나게 많이 들었어. 내가 고교 랭킹 1위 선수래. 어제는 고려대학교 아이스하키팀 감독님 만나서 칭찬까지 듣고 왔어. 그런데 내가 그걸 포기하려고 그랬어. 엄마, 내가 잘하는 거 포기하고 그냥 평범한 애가 되어 남 밑에서 기죽고 살길 바라는 거야? 응?"

어머니는 입술을 깨물었다. 자기도 모르게 눈시울이 뜨거워졌다. 내 아들이 벌써 이렇게 커서 어른스러운 이야기를 하는구나 싶어서 순간 울컥하는 마음이 들었다.

"엄마, 나 아이스하키 할 수 있게 도와줘. 아빠랑 재결합하기 싫으면 안 해도 돼. 그렇지만 이혼만은 하지 마. 나 결혼하고 미국 가고 그럴 때 엄마 아빠랑 같이 가고 싶단 말이야. 나 결혼할 때 아빠도 둘이고 엄마도 둘인 채로 결혼식장에 들어가야 돼? 새아빠, 새엄마까지 해서? 난 그러고 싶지 않아."

어머니는 그런 생각까진 한 적이 없었다. 하지만 지금 당장 이혼을 하면 영광에게 큰 상처가 될 거라는 생각이 들었다.

"알았다, 알았어. 영광아, 울지 마."

옆에 있던 할머니가 말했다.

"아이구, 새끼가 저렇게까지 말리는데 말 좀 들어라!"

외할머니는 주름진 얼굴에 눈물을 흘리며 누운 채로 베갯잇을 적시고 있었다.

31. 새로운 탄생

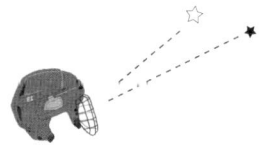

영광은 다음 날 학교에 갔다. 어제와는 몸과 마음 모두 완전히 달라져 있었다. 어머니는 이혼은 하지 않겠다고 말했다. 그리고 아이스하키 회비도 내주겠노라고 했다.

"영광이 널 위해 매달 적금을 붓고 있었어. 밀린 아이스하키 회비는 그걸로 내면 돼."

잠시 학교에 들른 뒤 목동 링크로 찾아가자 감독과 코치는 깜짝 놀랐다. 처음엔 반가워하다가 영광이 며칠 동안 무단결석했다는 사실을 상기하고는 태도가 냉랭해졌다.

"말도 없이 전화도 끊어 버린 녀석이 어쩐 일이냐?"

영광은 감독과 코치 앞에 털썩 무릎을 꿇었다.

"감독님, 코치님, 죄송합니다. 저 다시 아이스하키 하러 왔어요."

그곳에 와 있던 부모들도 힐끔힐끔 영광을 쳐다보았다. 영원히 돌아오지 않을 줄 알았는데 다시 하키를 하러 온 것이다.

"다시 뛰고 싶습니다."

영광은 감독과 코치에게 그간의 사정을 이야기했다. 하지만 그러면서도 다 자신이 강하지 못해서 충동적으로 아이스하키를 그만두겠다는 생각을 한 거라며 자기 자신을 자책했다.

"감독님, 저 열심히 할 거예요. 지켜봐 주세요. 오로지 하키만을 생각하고 하키만을 위해서 몸을 바칠 거예요."

영광이 눈물을 흘리며 말하자 저만치에서 안 듣는 척 듣고 있던 부모들의 가슴이 울렁거렸다. 이제 고등학교 2학년 올라가는 녀석이 아이스하키를 위해 온몸을 바치겠다고 결의를 불사르는 모습에 자기들끼리 감탄하며 수군거렸다.

"아유, 우리 애는 언제 철들어? 영광이 봐. 저런 멋진 말도 하고."

"그러게 말이야. 비 온 뒤에 땅이 굳는다더니."

다른 부모들도 영광의 사정을 거의 알고 있었다. 영광의 부모가 이혼하기 직전까지 가 있다는 것도 알고 있었고, 영광이 아버지의 사업이 쉽지 않다는 것도 알고 있었다. 그랬기 때문에 어려운 상황 속에서도 지레 꺾이지 않고 결의를 다지는 모습에 모두 감동을 받았다. 몇몇 사람은 이따금 눈가를 훔쳤다.

"영광이 녀석. 어린 게 얼마나 마음고생이 많았니? 쯧쯧, 불쌍한 녀석…….".

한 아주머니가 말했다. 마음 약했을 때 같았으면 그런 말을 듣고는 눈물을 글썽였겠지만, 영광은 그저 씩 웃었다. 이제 더 이상 울 일은 없었다.

그때 김성규 코치가 앞으로 나섰다.

"영광이 너 김윤아 선수에게 메일 보냈냐?"

"네?"

"김윤아 선수에게 메일 보냈냐고."

"네. 전에…….".

그 말에 아이들이 모두 시선을 모았다. 이게 무슨 소리인가 싶었던 거다.

"카톡 왔다. 봐라."

코치는 휴대전화를 꺼내 보여 주었다.

> 김 선배님. 윤아예요.
> 성가고 아이스하키팀 학생이
> 나에게 고민을 보내왔어요.
> 영광이라고…….
> 운동하는 사람이면 누구나
> 겪는 아픔을 겪나 봐요.
> 그런 고통을 이겨내야
> 한 단계 더 실력이
> 향상된다고 전해 주세요.
> 내가 응원한다고요.

김윤아가 보낸 메시지였다.
"와! 코치님 김윤아랑 아세요?"
"같이 밥 먹어 보셨어요?"
"우와, 대박!"
아이들이 마구 몰려들었다.
"번호 알려 주세요."
"카톡 보내게 번호 좀 찍어 주세요."
"제발요!"
코치는 단호했다.
"야, 다들 저리 비켜. 영광이만 한번 통화해 보라고 할 거야."

코치는 통화 버튼을 누르고는 전화 받기를 기다렸다. 아이들은 모두 숨죽이고 과연 김윤아 선수가 전화를 받을지 조마조마한 심정이 되어 지켜봤다.

"아, 윤아냐? 나야. 그래. 잘 지내지? 지금 학교야……. 그래, 나는 잘 있어. 이번 대회 우승한 거 축하해. …… 너한테 메일 보낸 녀석 있잖아. 이 녀석 아주 말썽꾸러기거든. 한번 통화하고 용기 좀 줘. 그래야 우리 학교 아이들이 신나서 운동 더 열심히 할 거야."

영광은 이게 꿈인지 생시인지 알 수 없었다. 코치가 건네주는 휴대전화에는 활짝 웃는 김윤아 선수의 얼굴이 이미지로 저

장되어 있었다.

"여, 여보세요!"

떨리는 손으로 휴대전화를 받아 들자 경쾌한 김윤아 선수의 목소리가 들렸다.

"영광 학생이죠? 반가워요. 나 김윤아예요."

"아, 안녕하세요?"

"메일 잘 읽었어요. 정말 힘들었겠어요."

"아, 네."

"전에 분장실에서 만났을 때 웃겼어요. 기억나요?"

"네? 네."

"그때 경호원들이 혹시 아프게 하진 않았나요?"

"아뇨."

"요즘 힘들죠? 그래도 운동 열심히 하세요."

"감사합니다."

"나도 고등학교 때 무릎 부상을 당한 적이 있었어요. 대회 성적은 자꾸 떨어지고, 사람들 기대는 큰데 나는 너무 못나 보이고, 정말 죽고 싶었어요. 하지만 어느 날 가만히 생각해 봤어요. 내가 부상만 안 당했으면 일본의 아사카 미오에게 절대 안 졌을 텐데, 하고요. 그런데 나중에 알고 보니까 그게 아니었어요. 아사카 미오도 고질적인 발목 부상이 있었어요. 내가 무릎이 아픈 만큼 아사카는 발목이 아팠던 거예요."

"네."

"그때 깨달았어요. 세계 정상급 선수라면 누구나 부상을 안고 있어요. 그건 도저히 벗어날 수 없는 거예요. 다 부상을 안고 싸워서 종이 한 장 차이로 정상에 올라가는 거예요."

영광은 머릿속이 맑아지는 것 같았다.

"부상 당한 걸 탓하기보다는 그 부상을 이겨내고 남보다 한 발 앞서는 게 중요하다는 걸 알게 되었어요. 운동하다 보면 누구나 힘들어요. 경제적으로도 어렵고, 학교 다니기도 힘들고, 집중을 방해하는 일도 많잖아요. 하지만 그런 거 다 이겨내는 사람만이 정상에 올라가는 거예요."

"네."

"그러니까 환경 탓하지 말고 꿈을 향해 나가세요. 긍정적인 마음이 나를 강하게 만드는 거예요."

"네. 그거 책에서 봤어요."

"힘내세요. 그리고 나중에 나랑 정상에서 만나요."

"네. 고, 고맙습니다."

그렇게 전화는 끊어졌다. 정신을 차리고 보니 영광이 주위에 아이스하키 팀원 전부가 성을 쌓듯 귀를 쫑긋하며 모여 있었다.

"와! 영광이 대박!"

"김윤아랑 통화했어."

"나도 하고 싶다."

"샘, 김윤아 전화번호 좀 주세요."

아이들이 난리를 쳐도 코치는 쳐다보지도 않았다.

"나중에 너희 우승하면 윤아와 통화할 기회를 주마."

"에이!"

"너무해요!"

말은 그렇게 해도 아이들은 코치가 김윤아와 선후배 사이라는 것이 새삼스럽게 느껴졌다.

문제는 영광이었다. 통화를 마치자 다시금 분장실에서 만났던 김윤아의 그 아련한 향내가 주위에 맴도는 것만 같았다. 그것은 도전과 열정의 향기였다.

32. 다시 링크로

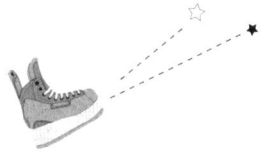

 3월이 되자 목동 링크는 다시금 살아 움직이듯 활기를 띠었다. 각종 현수막과 드나드는 사람들로 활기가 넘쳤다. 새해 들어 첫 대회가 시작된 것이다.
 시즌을 여는 김기명배 아이스하키 대회는 한국 아이스하키의 전설적인 영웅 김기명을 기리는 대회였다. 모든 아이스하키인이 존경하는 김기명의 이름을 딴 대회였기에 이 대회에서 우승을 한다는 것은 커다란 의미가 있었다. 게다가 새해 처음으로 열리는 대회라 그 해의 모든 대회에서 기선을 제압하는 역할을 하기도 했다.
 한겨울 내내 비지땀을 흘리고 커다란 장애물 하나를 넘은 성가고는 다시 승승장구하기 시작했다. 새로운 감독과 코치 체제에서 다시 시작한다는 마음으로 맹훈련을 했던 것이다.

"자, 우리 열심히 해 보자. 그동안 힘든 일도 있었지만, 성가는 절대 죽지 않는다는 것을 보여주는 거다!"

감독은 선수들의 정신 무장 위주로 팀을 이끌었다. 때로는 형님처럼, 때로는 삼촌처럼 선수들을 다정하게 감싸주었다. 그러자 선수들은 다시 심기일전해 목표를 높이 세웠다. 그건 바로 우승이었다.

라커룸에서 감독은 선수들에게 말했다.

"자, 지금이 우리 학교의 명예를 다시 빛낼 좋은 기회야. 이제 더 이상 우리가 물러날 곳은 없다. 그럼 파이팅!"

"파이팅!"

감독과 선수들은 마지막으로 결의를 다졌다. 감독은 하나씩 아이들의 이름을 부르며 작전을 지시했다.

"주성이. 휘명고 선수들은 덩치가 크니까 보디체크 같은 걸로 막을 수는 없어. 좀 더 뛰고 한발 먼저 앞서 나가도록 해라."

"알겠습니다."

"윤기는 주장이니까 게임 돌아가는 걸 잘 읽도록 해."

작년에 주장이었던 명식이가 대학에 진학했기 때문에 윤기가 새로운 주장이 된 것이다. 감독은 마지막으로 영광을 불렀다.

"영광아, 잘 막아라. 욕심 부리지 말고. 알았지?"

"네, 알겠습니다."

"그리고 퍽을 잡으면 항상 주위를 잘 살펴서 빈틈으로 찔러

넣도록 해. 평소 해 온 것처럼만 하면 돼."

"네."

영광은 없던 힘이 불끈 났다. 자연스럽게 어깨에 힘이 들어갔다. 보란 듯이 우승해야 한다고 생각했다. 게다가 결승 리그 첫 게임 상대는 영진이가 전학 간 휘명고등학교였다. 링크 반대편으로 시선을 돌리자 휘명고 유니폼을 입은 등번호 13번의 영진이가 눈에 들어왔다. 주먹이 불끈 쥐어졌다.

영진이 역시 영광을 보았다. 영진이의 마음도 영광과 다르지 않았다. 이번에는 어떻게든 보기 좋게 영광을 눌러 주리라 생각하고 있었다. 둘의 시선이 마주치자 팽팽한 긴장감이 흘렀다.

이윽고 요란한 스틱 소리와 함께 경기가 시작됐다. 선수들은 더더욱 긴장된 몸으로 얼음판을 갈랐다.

"영광아! 잘해라!"

"파이팅!"

부모들도 목청껏 아들들을 응원했다.

초반에 팽팽하게 이어지던 경기는 시간이 흐를수록 거칠고 강력한 스케이팅을 하는 성가고 쪽으로 기울었다. 마지막 피리어드에 들어갔을 때 스코어는 2대 2였다.

그러나 게임 흐름을 보면 성가고가 추가 골을 넣는 것은 시간문제였다. 성가고 감독은 골을 넣기 위해 적극적인 공격을 지시했다. 영광도 평상시보다 좀 더 앞으로 나가서 공수를 조율하고 있었다. 반면 휘명고에서는 어떻게든 성가고의 파상 공격을 막아내고 역습을 노리겠다는 생각이었다.

"자, 우리 좀 더 힘을 내자!"

3학년이 되어 새로 주장을 맡은 윤기가 선수들을 독려했다. 성가고 선수들은 마치 파도처럼 휘명고를 몰아붙였다. 휘명고는 성가고의 공격에 맞서 전원 수비 체제로 가고 있었다. 하지만 계속된 슈팅에도 휘명고의 골문은 쉽게 뚫리지 않았다.

"아, 더럽게 안 들어가네!"

결정적인 슛을 넣지 못한 주성이가 고개를 저으며 영광에게 말했다.

"계속 밀어붙여!"

연이은 실패 때문인지, 성가고 선수들의 플레이는 조금씩 무더지고 있었다. 성가고 감독은 이를 지켜보며 입술을 깨물고 있었다.

그때 기회가 왔다. 영광이 볼을 잽싸게 가로챈 것이다. 공격진에게 패스만 잘 된다면 완벽한 기회를 만들 수 있는 상황이었다. 그런 영광의 앞을 막아선 것은 영진이었다. 영광은 영진이를 제치고 좀 더 좋은 기회를 잡는 것이 좋겠다는 생각이 들었다. 스틱을 빠르게 움직이며 영진이의 돌진을 몸으로 막으며 돌 때였다. 달려온 영진이가 온몸을 던져 보디체크를 해왔다.

"응?"

그건 예상치 못한 플레이였다. 작년에 성가고에서 한솥밥을 먹을 때만 해도 덩치가 작은 영진이가 자신에게 보디체크를 시도한 적은 한 번도 없었기 때문이었다. 둔탁한 소리와 함께 둘이 부딪히는 순간 영광은 알 수 있었다. 영진이의 덩치가 많이 커졌음을. 강한 충격이 느껴졌다. 벽에 부딪친 영광은 그만 중심을 잃고 빙판에 나뒹굴고 말았다. 그 바람에 퍽을 빼앗겼지만 다행히 윤기가 막아서는 바람에 골을 허용할 위기로 연결되지는 않았다. 털고 일어난 영광은 잠시 느슨해졌던 마음을 다잡았다.

"어쭈, 녀석 많이 컸는데?"

영진이는 그새 덩치도 많이 커졌고 살도 많이 붙어 있었다. 영광이 보디체크를 해도 밀릴 것 같지 않았다. 하지만 항상 받은 대로 갚는 것이 아이스하키 경기의 불문율이다.

"좋아, 한번 해 보자고."

게임은 계속 진행되어 이번에는 휘명고의 반격이 있었다. 영광이 옆에 있는 우석이에게 말했다.

"영진이 저놈은 내가 맡을 테니까, 그때 네가 공을 낚아채서 택연이 형한테 패스해."

"알았어."

영진이가 퍽을 몰고 거침없이 영광을 향해 밀고 들어왔다. 영광의 보디체크에도 버틸 자신이 있다는 자신감의 표시였다.

그러나 영광은 다른 생각을 하고 있었다. 보디체크를 기다리는 녀석에게 원하는 대로 해 줄 필요는 없었던 것이다. 옆에서 따라 달리며 영진이의 허점을 기다렸다. 이윽고 영진이가 골문 쪽으로 패스하려는 순간이었다. 영진을 향해 과감하게 몸을 던졌다. 강화유리 벽에 몸이 부딪히는 굉음과 함께 영진이는 퍽을 놓치고 스틱까지도 땅바닥에 떨어뜨린 채 저만치 나뒹굴었다. 하지만 너무 힘을 줬는지 영광도 강화유리 벽에 온몸을 정통으로 박았다. 그때 오른쪽 무릎이 섭실리면서 별이 튀는 느낌이 들었다. 하지만 영광은 흘러나온 퍽을 택연에게 찔러주었다. 이를 받아 낸 녀석은 그대로 골문을 향해 달려 들어가 있는 힘껏 퍽을 때렸다. 골이었다.

"와아!"

버저와 함께 성가고 선수들이 모두 일어나 발을 구르며 링크장이 떠내려가도록 소리를 질렀다. 모두들 동료의 헬멧을 두드리고 스틱을 허공에 휘두르며 기뻐했다.

그때였다. 환호하던 윤기가 영광의 오른쪽 다리를 살피더니 말했다.

"야, 너! 다리 아프냐?"

"응?"

"다리가 뻣뻣해."

그 말을 듣고 보니 다리에 통증이 밀려와 그 자리에 주저앉았다.

"어이, 거기! 나가서 치료해!"

심판이 영광이 주저앉는 걸 보고 바로 지시했다. 부상당한 선수는 치료를 위해 빙판을 떠나는 게 규칙이었다. 부상을 당한 영광은 벤치로 들어가 무릎을 걷어 올렸다. 무릎은 어느새 퉁퉁 부어 있었다. 코치는 황급히 아이스박스에서 얼음을 꺼내 감아 주며 물었다.

"부러진 것 같니?"

"아뇨. 그 정도로 아프지는 않아요."

"이따 병원 가 봐라."

영광의 부상으로 감독과 코치는 난감해 했다. 다음 경기에서 만난 충사고와 덕신고는 아슬아슬하게 이겼지만, 결승전에 올라온 팀이 바로 다시 휘명고였기 때문이다. 지난 휘명고와의 경기에서 간신히 이기긴 했지만 경기가 쉽게 풀렸다고는 할 수 없었다.

33. 부상을 딛고

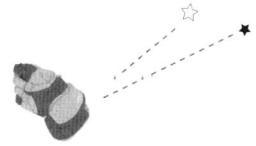

　결승전이 벌어지는 날 목동 실내 링크는 관중으로 가득했다. 간만에 만원 관중을 기록한 것이다. 관중은 대부분 성가고와 휘명고 학생들이었다. 성가고에서는 모처럼 전교생을 동원해 응원전을 벌이고 있었다. 그것은 교장의 의지였다.
　"요즘 학생들은 하도 학교와 학원만 오가서 학교에 대한 소속감이 없어요. 이것은 좋은 현상이 아니에요. 애교심을 가져야 대학교 가서도 모교를 사랑하는 마음이 생기지 않겠습니까."
　교장은 교무 회의에서 이렇게 말했다.
　"그리고 우리 학교가 어려운 일을 이겨낸 뒤 결승에 올라갔으니 뜻깊은 일이 아니겠소? 전교생이 응원하도록 합시다."
　학교에서는 대대적으로 전교생 응원을 추진했다. 그리하여 결승전 날, 성가고 학생들은 오후 수업을 생략하고 목동 실내 빙상장으로 몰려왔다. 이 소문은 이내 휘명고에도 퍼졌다. 우리도 질 수 없다는 심정으로 휘명고에서도 전교생 응원을 결정했다. 그리하여 두 학교의 전교생들이 목동 실내 빙상장을 가득 채웠다. 군데군데 학부모들과 관계자들이 자리를 잡았다.

하지만 영광은 그 가운데 주리가 와서 경기를 보고 있다는 건 알지 못했다. 주리는 이 결승 경기만큼은 꼭 와서 보고 싶었다. 비록 영광과 절교했지만 둘이 친했던 기억까지 지워버린 건 아니었다. 몇 번을 망설이다 주리는 결국 학교 수업을 마치자마자 경기장으로 달려왔다. 학원도 빼먹고 오면서 주리는 몇 번이고 속으로 다짐했다.

'이 경기 안 보면 공부가 안 돼. 그냥 후련하게 보고 공부하는 게 나아.'

그래서 주리는 마음 졸이며 선수 가족들 사이에 앉아 영광이 자신을 알아봐 주기를 바라는 마음과 그냥 모르고 지나치길 바라는 마음 사이에서 방황하며 링크를 지켜봤다.

선수 부모들도 저마다 가슴을 두근거리며 경기장을 바라봤다. 영광이 아버지 역시 손에 땀을 쥔 채 관중석 한쪽에 앉아 있었다. 엄청난 응원 소리에, 영광이 아버지는 이것이 제대로 된 결승전임을 모처럼 실감했다. 비인기 종목인 아이스하키는 늘 썰렁한 관중석을 배경으로 경기를 벌였기 때문이다.

"감독님, 저 경기 뛰게 해 주세요."

영광은 감독에게 이야기했다.

전 시합이 끝나고 병원에 가니 의사는 십자 인대가 파열될 뻔했다고 설명했다.

"자네 하마터면 십자 인대 나갈 뻔했어."

의사는 자세하게 설명을 해 주었다. 전방 십자 인대는 무릎 위쪽 뼈가 아래쪽 뼈 앞으로 밀려 나가지 못하게 하는 역할을 담당하고 있었다. 이 인대가 앞뒤로 심하게 꺾여 끊어지는 것이 파열이었다.

"파열되기 직전의 충격을 받은 것 같으니까 물리치료 잘하고, 운동 조심해서 해."

의사는 인대 강화 주사를 놓아 주었다. 인대 재생을 유도하는 치료를 받았기에 영광은 지금 뛸 수 있는 상태가 아니었다.

"안 돼. 뛰다가 더 크게 다치면 선수 생명 끝이야."

감독과 코치는 내심 씁쓸했지만 어쩔 수 없었다. 부상을 입은 선수를 시합에 내보낼 순 없었기 때문이다.

각 학교에서 응원 온 아이들이 온통 관중석을 가득 채웠다. 특히 휘명고 학생들은 이번에는 지지 않겠다는 듯 열렬하게 응원했다. 북 치고 꽹과리 치는 소리로 온통 링크는 시끄러웠다.

영진이는 주전으로 출전하고 있었다. 기량이 완숙한 경지에 올라 어느새 휘명고의 에이스가 되어 있었다. 그런 영진이를 보고 있는 영광의 눈에서는 경쟁심의 불꽃이 이글거렸다.

들뜬 마음으로 벤치에 앉아 있긴 했지만 부상 때문에 뛸 수 없다는 것을 영광은 알고 있었다. 격렬한 운동 탓에 인대가 파열될 수도 있기 때문이다. 유명한 국가 대표 선수들도 이 부상으로 많이 주저앉았다. 축구의 박주영 같은 경우는 골을 넣고 기도 세리머니를 하는 동안 다른 선수가 덮쳐서 연골이 손상되고 인대를 다치는 부상을 입었었다. 이 때문에 아시안컵에 출전하지 못하기도 했다.

"자, 이번 대회에서 우승만 하면 그동안 우리가 힘들었던 거 다 해결된다. 이번 시합 끝나고 멋지게 회식 한번 하자. 알았지?"

감독이 결연한 표정으로 당부했다.

"네!"

선수들도 간절하게 우승을 원했다. 그동안 상처뿐이었던 성가고의 내부 갈등이 서서히 봉합되고 있는 중이었고, 두 패로 갈라졌던 부모들도 세월이 약이라는 말 그대로 서로의 상처를 치유해 가던 중이었다. 여기에 우승까지 한다면 그야말로 금상첨화였다. 끝이 좋으면 다 좋다는 말이 실현되는 거였다.

하지만 한편으론 걱정도 됐다. 이럴 때 나서서 멋진 활약을 해야 할 영광이 부상으로 나가지 못했기 때문이다. 성가고로서는 안타까운 노릇이었다.

"영광이가 나가야 하는데."

"그러게 말야."

동료 선수들이 영광의 어깨를 두드리며 격려하고 링크로 나갔다. 이제 승부를 갈라야 하기 때문이다.

그러나 경기는 쉽게 풀리지 않았다. 피리어드가 진행될수록 휘명고가 우위를 점하더니, 결국 선제골을 넣었다. 며칠 전 경기에서 진 뒤 준비를 많이 해온 것이다. 그 뒤에도 성가고는 휘명고의 파상공격에 밀리며 계속해서 추가 골을 허용했다. 확실히 수비가 이전보다 많이 약해졌다. 영광이 빠진 공백이 컸던 것이다.

2피리어드가 진행되는데 어느새 스코어는 3대 1로 휘명고가 앞서 가고 있었다. 점점 시간이 흐를수록 성가고 선수들은 지쳐만 갔고, 휘명고의 기세는 점점 높아져 갔다.

"휘명! 휘명! 파이팅!"

전광판의 시계를 바라보던 영광은 도저히 견딜 수가 없었다. 붕대를 감은 다리를 꾹 눌러보았다. 이 정도면 뛸 수 있을 것 같았다. 들어가서 한두 번의 공세만 막아내면 경기의 흐름을 돌려놓을 자신이 있었다. 그러면 금세 따라붙을 수 있는 것이 아이스하키였다. 영광은 결심을 하고 감독에게 말했다.

"감독님, 저 나가게 해 주세요."

"뭐라고?"

경기에 몰입한 감독이 눈을 크게 뜨고 물었다.

"저 뛸 만해요. 나가게 해 주세요. 이대로 가면 져요."

"안 돼. 너 다치면 어떻게 하려고? 이 녀석아. 대회는 얼마든지 있어."

감독과 코치는 초조해 하면서도 다른 선수들을 계속 교체해 내보냈다. 하지만 점점 시간이 흘러갈수록 경기를 뒤집기는 점차 어려워지고 있었다. 승리를 확신한 휘명고 학생들과 관계자들은 점점 더 응원의 목소리를 높였다. 귀청이 떨어질 것만 같았다.

"감독님, 제발요. 저 좀 내보내 주세요. 여기서 죽어도 좋아요."

영광은 상기된 얼굴로 감독을 바라보았다. 코치는 감독의 눈치를 보았다. 감독도 코치를 보았다.

"너 정말 괜찮겠니?"

그 말을 듣는 순간 영광은 씩 웃었다.

"그럼요. 제가 무릎이나 다리 한두 번 삐봐요? 이거 그냥 삔 거라고요."

영광은 거짓말을 했다. 사실 지금껏 부상을 안고 경기를 한 적은 한 번도 없었다.

"그래?"

"그런데도 아무 탈 없었어요. 감독님, 제발요. 나가게 해 주세요."

감독은 고민했다. 감독에겐 선수 보호의 의무가 있었기 때문이다.

"경기 흐름만 바꾸고 들어올게요. 저기 왼쪽이 자꾸 뚫리잖아요. 제가 막을게요. 그러면 아이들이 공격을 맘 놓고 하잖아요."

그 말은 맞는 말이었다. 감독은 수긍하고는 말했다.

"흠…… 그래, 그럼 한번 나가 봐라. 분위기만 바꾸고 금세 들어와야 해."

감독은 할 수 없이 허락했다. 이윽고 영광이 나서자 갑자기 응원단이 열광했다.

"와! 영광이다!"

"플레이 플레이 김영광!"

거센 응원 소리에 성가고 분위기는 반전됐다. 동료 선수들도 다가와 어깨와 헬멧을 두드렸다.

"영광아, 해 보자!"

"그래!"

고교 랭킹 1위인 영광이 나선 것만으로도 휘명고 선수들은 긴장하기 시작했다.

"야, 영광이다."

"아씨, 이거 곤란한데."

"그동안 우릴 속였나 봐."

선수들이 술렁이자 영진이는 어깨에 힘을 주었다. 영광이 부상을 당해 나오지 못한다는 이야기를 들었는데 이렇게 나왔기 때문이다.

"씨바, 걱정하지 마. 저 새끼 별거 아냐. 내가 조질게."

영진이 이를 악무는 것을 보고 다른 아이들도 기운을 냈다. 영진은 이번 기회에 자신이 과거의 영진이 아님을 보여주리라 마음먹었다.

심판의 페이스오프로 경기는 다시 격렬하게 진행됐다. 영광이 들어왔다는 이유만으로 게임의 흐름은 갑자기 바뀌었다. 휘명고의 공세는 번번이 영광에게 막혔다. 선수들의 움직임을 미리 알고 있었기 때문이다. 역시 영광의 게임을 읽는 안목, 그리고 힘은 다른 선수들에 비해 한 수 위였다. 서서히 게임 주도권이 성가고 쪽으로 넘어오기 시작했다. 두 골 차로 뒤지고는 있었지만 영광이 투입된 이후 성가고의 사기는 점점 올라가고 있었다.

"자, 이쪽으로 줘!"

성가고 신입생 민철이가 패스를 하고 달려 들어가 슛을 하려 할 때였다. 영진이가 민철이를 보디체크로 쓰러뜨렸다. 다분히 사적인 감정이 들어가 있었다. 다른 학교로 전학 간 뒤 영진이는 성가고에 대해 앙심을 품고 있었다.

'저 자식이.'

영광은 애써 욕이 나오려는 걸 참았다. 제대로 나가떨어진 민철이는 충격에 일어선 뒤에도 비틀거렸다. 그걸 본 영광은 속으로 부글부글 끓었지만 애써 침착했다. 이런 정도에 감정이 흔들릴 때가 아니었다.

시합은 다시 속개됐다. 영광은 과거와 다른 모습을 보여주고 있었다.

"지금 중요한 건 승리하는 거야. 사적인 감정 따위에 흔들리면 안 돼."

격하게 게임을 뛰자 무릎에서 찌릿한 통증이 왔다. 만져 보니 어느새 얼얼한 게 감각이 없었다. 그걸 가장 먼저 안 건 감독과 코치였다.

"영광아, 들어와!"

코치가 소리쳤다. 무릎 만져 보는 걸 보고 불안했던 것이다. 영광은 교체됐다. 들어오자 코치가 무릎을 감은 붕대를 들춰보았다. 무리하니 무릎이 다시 부었다.

"야 인마, 다시 부었어."

"괜찮아요."

코치가 다시 압박 붕대를 감아 주었다.

"안 되겠다."

"코치님, 조금 있다 또 나가게 해 주세요. 어차피 금방 게임 끝나잖아요."

"인마. 넌 이제 나가면 안 돼. 가만히 있어."

34. 퍽을 날려라

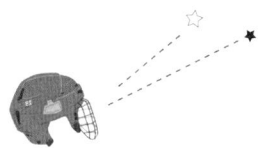

 그때였다. 누군가가 벤치 뒤 강화유리를 두드렸다. 돌아보니 예상치 못하게 어머니가 와 있었다.
 "어, 엄마!"
 "영광아, 많이 다쳤니?"
 어머니는 걱정스러운 얼굴로 영광을 바라봤다. 영광은 아찔했다. 어머니가 이 장면을 다 봤기 때문이다.
 "괘, 괜찮아요. 걱정하지 마세요."
 어쩐 일인지 길길이 뛸 줄 알았던 어머니는 한숨만 쉬었다. 그러나 한편으론 아들이 정말 기쁜 얼굴로 웃으며 땀을 흘리는 모습을 보자, 그동안 아이스하키를 못 하게 말린 것이 적이 미안했다.
 "파이팅!"

소심하게 주먹을 쥐어 보이는 어머니의 무언의 격려를 받자 영광은 천군만마를 얻은 것만 같았다. 반대쪽 관중석에 앉아 있던 아버지도 영광을 보며 웃고 있었다. 비록 서로 떨어져 있었지만, 부모님의 얼굴을 동시에 보자 영광은 더욱 의욕이 솟구쳤다. 아버지와 어머니가 한 공간에 있다니. 경기가 끝나면 두 사람은 밖에서 만날 것이다. 이건 기회였다. 다시금 강력하게 두 분이 같이 살도록 종용하려면 승리를 선물해야만 했다. 승리만이 자신이 줄 수 있는 유일한 선물이었다. 오랜만에 온 식구가 환하게 웃고 싶었다.

"진짜 한 번만, 한 번만 나가게 해 주세요."

영광은 코치에게 다시 애원했다.

"나 참, 안 된다니까 그러네. 잘못하면 큰일 나. 얼른 병원에 나가 봐."

"저희 엄마가 왔어요. 아빠도요."

영광은 아랑곳하지 않고 달뜬 목소리로 말했다. 승리만 한다면 이보다 더 기분 좋은 일은 없을 것 같았다.

"어머님께서 오셨다고?"

감독은 깜짝 놀랐다. 영광의 집안 사정을 잘 알고 있었기 때문이다. 고개를 돌려 뒤를 보자 영광의 어머니가 자신에게 목례하는 것이 보였다.

"엄마 오셨으니 더 안 돼. 너 부상당한 거 알고도 내가 내보냈다고 해 봐."

"아 정말……."

영광은 애가 탔다. 어머니 아버지에게 승리를 선물하고 싶은 마음을 이렇게 몰라주다니.

"제발 내보내 주세요."

"그럼 어디 앉았다 일어나 봐."

코치가 말했다.

"문제없어요! 자…… 아!"

무릎을 구부리는데 통증이 찌르르 전해졌다. 자신도 모르게 인상을 쓰자 코치는 뒤도 돌아보지 않았다.

"그것 봐라."

이대로 끝낼 수는 없었다. 시간이 더 가기 전에 시합에 나가야만 했다.

'어쩌지? 지금 당장만 통증이 없으면 되는데…….'

그때 문득 전에 주리가 주었던 쿨런트가 생각났다. 빠르게 부상 부위를 냉각시켜 통증을 없애 주는 스프레이. 그걸 장비 가방 어딘가에 넣어 두고는 한 번도 안 썼다. 라커룸에 가면 그게 있을 거였다.

감독과 코치는 2피리어드가 끝나자 작전을 지시하느라 정신이 없었다. 영광은 절뚝거리며 경기장을 빠져나와 라커룸으로 향했다. 스케이트 날 보호대를 끼우고 뒤뚱거리며 선수들이 입장하는 통로를 통해 밖으로 나왔다. 그때 눈앞에 나타난 건 주리였다.

"어, 너……."

주리는 영광이 잠시 경기에 나와서 뛰다 들어가는 걸 보았다.

"영광이, 부상당했구나. 성가고 지겠네."

영광이 부상당한 게 분명하다는 주위 응원석에 앉은 부모들의 말을 들으니 주리는 그대로 앉아 있을 수만은 없었다. 어떻게든 가까이 가서 보고 싶다는 생각에 관중석을 빠져나와 선수들이 사용하는 출입구 부근에서 서성이고 있었던 거다.

"아, 안녕!"

주리를 보니 영광의 가슴 한구석이 철렁 내려앉았다. 그건 난생처음 느껴 보는 감정이었다. 헤어진 여자 친구를 우연히 봤을 때 느끼는 감정은 가슴을 서늘하게 만들었다.

"응. 구경 왔구나. 영진이 응원하러……."

보고 싶고 그리웠는데 정작 만나니 영광의 입에선 삐딱한 말이 나왔다.

"아니, 그건 아니야."

"……."

"너 보러 왔어."

잠시 어색한 침묵이 흘렀다. 이내 영광은 자기가 왜 경기장에서 빠져나왔는지 떠올렸다.

"나 좀 바빠."

라커룸으로 달려가면서 영광은 자꾸 감정이 격해지려는 걸 애써 눌러야 했다. 라커룸에 들어가 장비 가방을 꺼내 급한 김에 거꾸로 들고 흔들었다. 가방 안의 온갖 잡동사니가 쏟아져 나왔다. 낡은 글러브에 연고, 반창고, 필기구, 땀에 전 속옷 등등. 그 가운데서 저만치 나뒹구는 쿨런트를 발견했다. 황급히 주우러 가니 따라온 주리가 먼저 주워들었다.

"너, 무릎 다쳤지?"

"그거 이리 내."

"지금 무리하면서 뛰려는 거잖아."

"어서 줘. 지금 써야 해. 이번 시합 꼭 이겨야 해. 내가 나가야 한다고."

짜증이 확 밀려오는 영광이었다. 주리는 말없이 쿨런트 뚜껑을 열었다. 그리고 다가오면서 말했다.

"유니폼 걷어 봐."

단호했다. 영광은 자기도 모르게 유니폼 바지를 걷어 올리고 보호대를 풀었다. 허공에 몇 번 쿨런트를 흔들고 나서 주리는 영광의 퉁퉁 부어오른 무릎에 뿌렸다. 안개처럼 분무액이 피어났다. 영광은 무릎이 급격히 냉각되는 시원함을 느꼈다. 이내 통증이 사라지고 감각이 마비됐다. 서둘러 보호대를 차고 일어서 몇 번 앉았다 일어났다를 해 보았다. 통증이 감쪽같이 사라져 아무 문제도 없었다.

"됐어. 이제 가야 해."

영광은 뒤도 돌아보지 않고 경기장을 향해 달렸다.

"영광아!"

등 뒤에서 주리가 불렀다.

"왜?"

주리는 뭔가 말할 듯 말 듯 하더니 고개를 저었다.

"아니야. 잘해. 너희 엄마 아빠 다 오셨던데……."

영광은 그대로 경기장으로 뛰어갔다. 달려가면서 가라앉았던 기분이 서서히 올라왔다. 주리가 찾아와 쿨런트까지 뿌려 주었다. 꿈인지 생신지 믿을 수가 없었다. 경기 끝나면 주리에게 다시 문자를 보내 봐야겠다는 생각도 잠시, 게임은 어느새 3피리어드 중반을 지나 후반으로 가고 있었다. 이대로 두면 지고 만다. 영광의 안에서 야성의 본능이 꿈틀댔다. 그것은 지기 싫다는 승부욕이기도 했지만, 무엇보다도 살아 움직이는 인간의 본성이었다.

"코치님. 저 뛰게 해 주세요. 이거 보세요. 무릎 좋아졌어요."

영광은 보란 듯 앉았다 일어났다를 했다. 감독과 코치는 서로 얼굴을 마주 봤다. 이제 특단의 조처가 없으면 게임을 뒤집을 수 없었다.

"그래, 어디 소원이라면 해 봐라."

감독은 할 수 없다는 듯 말하고는 압박 붕대로 영광의 무릎을 한 번 더 강하게 감아 주었다. 영광이 나갈 무렵 경기는 거의 휘명고 쪽으로 기울고 있었다. 마지막 피리어드의 남은 시간은 단 3분이었다.

"한 골만 넣고 올게요, 한 골만. 지금 우리 팀도 지고 있는데."

"이 녀석이 그냥, 너 디펜스잖아! 에라 모르겠다. 나가라 나가!"

"고맙습니다!"

영광은 다시 링크로 뛰어나갔다. 플레이어와 골텐더는 경기 도중이나 경기가 중단된 동안 언제라도 선수 교체를 할 수 있었다. 체력 소모가 너무 큰 경기 특성상 그런 룰을 만든 것이다.

빙판 위를 지치는 영광은 온 세상이 자기 것만 같았다. 이것이야말로 자기가 살아 있는 이유였다. 지금 이 순간 가장 큰 문제는 싸워서 이기는 거였다.

"와! 영광이 나왔다!"

"아자! 해보자!"

성가고 선수들이 일제히 스틱을 허공에 들어 올리며 함성을 질렀다. 상대방인 휘명고 선수들은 다시 긴장했다.

"야, 얼지 마. 저 자식 별거 아냐. 분명히 무릎 아픈데도 나온 거야."

영진이 자기 팀 선수들에게 지시했다.

"스케이팅 잘 못 할 거야. 그러니까 치고 빠지면 돼."

경기는 속개됐다. 휘명고의 거센 공격이 다시 이어졌다. 어디 한번 해보자는 듯 영광을 노리고 성가고 공격수가 드리블해 왔다. 영광은 다른 선수들의 움직임을 염두에 두면서 여유 있게 디펜스했다. 거구의 영광이 막아서자 휘명고의 공격수 원철이는 당황했다. 길목을 꽉 막고 있었기 때문이다. 당황한 기색을 발견하자마자 영광은 긴 팔을 이용해 스틱으로 원철의 퍽을 툭 쳐냈다. 순간의 방심으로 공격권이 성가고로 넘어왔다.

"와!"

기습으로 나갔다. 흘러 나간 퍽을 잡은 성가고의 아름이가 그대로 달려가 골을 넣고 말았다.

"골!"

"와!"

제대로 된 수비 하나를 열 공격이 뚫지 못한다고 영광이 링크에 올라오자 게임의 판세는 순식간에 뒤집혔다.

"야, 안 되겠다. 영광이 저 새끼 무릎이 약하니까 보디체크할 때 무릎을 박아."

영진은 악에 받쳤다. 응원석에 주리가 와 있다는 걸 알았기 때문이다. 그런 주리가 영광의 플레이에 손뼉을 치며 벌떡 일어서는 걸 본 뒤에는 눈에 뵈는 게 없어졌다.

휘명고의 원석이는 영진이의 말대로 해 보기로 했다. 영광이 여유 있게 퍽을 몰고 나올 때 온몸을 던져 보디체크 하면서 무릎으로 영광의 오른쪽 무릎을 니킥 하듯 박았다.

"윽!"

영광은 무릎에서 빽 소리가 나는 느낌을 받았다. 통증은 크게 느껴지지 않았지만 부상이 심각해지고 있는 게 분명했다. 하지만 그때까지는 그게 우발적인 보디체크인 줄 알았다. 하지만 얼마 후 다시 휘명고의 다른 수비수가 보디체크 하면서 노골적으로 자신의 무릎을 또 박는 걸 보고 깨달았다.

'이 새끼들이 비겁하게 나를 아주 죽이려고 하는구나.'

시간은 얼마 남지 않았다. 앞을 막아서는 휘명고 선수들을 제치며 옆으로 패스했다.

"태식아!"

패스를 받은 태식이 다시 한 사람 두 사람 사이를 뚫고 패스한 퍽을 어느새 골문 앞으로 다가선 영광이 침착하게 받았다. 그런 훈련을 수만 번 해서인지 마치 몸의 일부인 것처럼 스틱이 움직였다.

순간 시간이 정지한 것만 같았다. 사람들의 함성과 어지러운 조명, 그리고 미끄러운 빙판이 빙글빙글 돌아갔다. 무릎의 상처는 욱신거리며 곧 십자 인대가 끊어져 나갈 것 같았다.

그러나 영광은 오히려 득의만만한 미소를 지었다. 골텐더와의 일대일 찬스였다. 골텐더의 가랑이 사이로 커다란 틈이 보였다. 온몸의 힘을 모아 영광은 스틱을 들어 올렸다. 하늘 끝에라도 닿을 듯 치켜세운 스틱을 바람의 속도로 내리치며 퍽을 날렸다.

골문을 향해 빛의 속도로 빨려 들어가는 지름 7.62센티미터에 150그램의 퍽. 그건 미래를 향해 광속으로 날아가는 영광이 자신의 모습이기도 했다.

*　*　*

영광은 병원에서 눈을 떴다. 경기에서 잠시 기절을 한 거였다.

"어? 여기 어디야? 경기는?"

그때 다정한 목소리가 들렸다.

"영광아 너희 학교가 이겼어. 네가 골 넣고 바로 아름이도 넣어서 4대 3으로 이겼어."

주리였다. 영광이 골을 넣고 혼절해 병원으로 실려 올 때 따라온 것 같았다.

"네가 왜?"

"미안해. 너 마음 아프게 해서."

잠시 망설이던 주리가 덧붙였다.

"우리 다시 친구 할 수 있을까?"

"응? 응!"

영광의 마음에 환한 꽃이 피는 것 같았다. 고개를 돌리니 다정한 표정으로 입원실로 들어오는 엄마 아빠도 보였다. 영웅을 위해 결국 다시 잘 해 보자고 하셨다고 했다.

'맞아 이런 게 행복이지.'

자초지종을 다 들은 영광은 다시 퍼지는 약기운에 기분 좋게 잠이 들 수 있었다.